困った死体

浅暮三文

集英社文庫

目次

困った死体

第一話　痩せれば天国

現場に集まっていたのは、まるで子豚の群れだった。真夏の正午過ぎ、立ち入り禁止の黄色い規制線の前で、どれも大きなバッグを提げて、こちらをうかがっている。

「ダイエットてのは確かに一種の宗教だよな」

規制線の内側、小振りなビルの駐車スペースで機動捜査隊の大河原《おおがわら》努《つとむ》が大黒《だいこく》に告げた。棒のような長身で真っ黒に焼けた顔。黒いスーツと相まってゴボウが立っているように見える。

規制線に集まっているのは女性陣だ。十人ほどで二十代から四十代までと年齢層がまちまちだと把握できた。ただ、いずれも成人している様子だから正しくは子豚とはいえない。しかしそう思わせる容姿ばかりだった。

警視庁捜査一課の若手刑事である大黒福助《ふくすけ》は大河原の言葉にうなずきながら、小さく溜息《ためいき》をついた。

また事件だ。しかも曰《いわ》く付きの。俺の人生は厄介の連続だな。それとも名前のせいで難題解決を祈願されるのかな。

大黒は視線を横にやった。隣にいるのは数之《かずゆき》十一《といち》。同じ警視庁の鑑識課員だ。陰でチビフグと呼ばれている。色が白くて小柄で、いつも膨れているからだ。しかも毒がある。

チビフグの数之とゴボウの大河原は大黒とほぼ同年齢の三十代。階級はいずれも巡査部長。そして今、大黒と数之は機動捜査隊の大河原の連絡を受け、昼食もとらずに本庁から駆けつけたところだった。

「信じる者は痩せられる。それがこの教団の教えだとさ」

大河原は視線を戻すと目の前のビルの入り口を顎で示した。ビルの玄関となる自動ドアに「痩神《そうしん》麗《うるわしの》会《かい》」と団体名称が躍っている。真下の大きなマークは青い薔薇《ばら》の花。

「どんな奴《やつ》らか分かるよな？　キリストとマホメットと仏陀《ぶつだ》の教えをごちゃまぜにしたような教義を説いている。いかにも新興宗教でございますって感じだが、ダイエットと結びつけたところが味噌《みそ》だ」

数之が子豚達に視線をやって大河原に述べた。

「だからあいつらみたいに神頼みの子豚が後を絶たないのか。神様は肥《ふと》った人間に慈悲深いな。それとも肥っていると天国からでもよく見えるのか？」

いつものようにつまらなさそうな口調だ。鑑識課員の数之は事件の背景などに関心がない。あるのは物証だけなのだ。大黒は告げた。

「大河原、ここは儲《もう》かってるみたいだな。ビルが建てられるぐらいだから」

三人がいるのは東京都三鷹《みたか》市の外れ。周りには古くからの住宅が並ぶ。しかし目の前のビルは四階建てで新しい。商業圏には思えない地域だけに、飲食業を目的としたテナントビルではなく、自前だと分かる。

「大黒、儲かって当然なんだよ。断食ダイエットだぜ。一回のコースが十日で二十万円。その間、寝床と水を提供するだけで食事はなしだ。禅宗の修練だって精進料理は出すだろ？　しかも宗教法人だから非課税ときた。ボロ儲けもいいところだ」

「いくら神様でも十日の断食で痩せさせるのは無理だと思うな。ベン・ケーシーなら別だけどよ」

数之が小さく毒を吐いた。

「いいか、フグ。結果じゃないんだ。子豚にとっては、痩せようと努力している自分が健気《けなげ》で可愛《かわい》いんだ。あの体に詰まってるのは脂肪という名のナルシズムなんだよ。数グラムでも痩せられれば御《おん》の字ってわけさ」

「今、フグっていったな。上等だ。このゴボウ野郎が。キンピラにして喰《く》ってやる」

大黒は再び子豚達に視線を戻した。大振りのバッグを手にしているのは十日間の着替えが入っているからだろう。

女性陣は警護の警官と押し問答をしていたが、どうやってもビルに近寄れないとあきらめたのか、恨めしそうな顔で立ち去っていく。すると子豚の背後にタクシーが現れ、ビルに面した道路で急停止した。

どすん、がちゃり。ドアが開き、まず細く長い足が出てきた。次に長い手と白衣に包まれた細い胴体が見えた。

すらり。擬音にしたならば、そんな調子だ。到着したのは若々しい雌鹿だった。大きな瞳で大黒らを認めた雌鹿は豊かな黒髪をなびかせて足早に近づいてくる。

「おっと」

大河原の黒い顔がかすかに色を帯びた。雌鹿の豊満な胸が揺れている。白衣の隙間から覗《のぞ》く足は太腿《ふともも》に及ぶ。いつものようにタイトのミニスカートなのだろう。歩みを進めるたびに金属的な音が響いた。履いているのがピンヒールだからだ。雌鹿の身長は百八十センチ近い。異常とさえいえる美しさだった。

「めらめら」

数之が変な表現を口にした。規制線の前に残っていた四、五人の子豚の口から、声ではなく情念が漏れているように感じたらしい。確かに嫉妬と憧れが混ざり合ったような恨みがましい気配だった。一匹の子豚は舌打ちさえした。

「恐《こわ》いねえ。豚は怒ると獣になるんだ。そもそもはイノシシだもんな」

数之が女性陣に向けてフグのように口を尖《とが》らせた。確かに恐い。理想のスタイルのためなら女は神ばかりか悪魔にさえ魂を売るだろう。

「いつまでわたしの足、見てんだよ。この真っ黒けの電柱野郎が」

規制線をくぐり、駐車スペースにくると栗栖《くりす》アメリが大河原を罵倒した。確かに機動捜査隊勤務の大河原は外回りだけに日焼けがひどい。それにしてもアメリの言葉は相変わらず、蓮っ葉《はすば》な言い回しだ。

「大黒、眉毛ってあんなに歪《ゆが》むんだな」

アメリに視線を走らせて数之がそっとつぶやいた。柳眉を逆立たせているといいたいらしい。確かにきれいな眉が針のように吊《つ》り上がっている。こちらも別の意味での怒れる獣といえるだろう。

アメリは黙っていればテーマパークのお姫様で通用するタイプなのだ。しかし彼女にとって美は持って生まれた当然の物で、ことさら意識していない様子だ。今も背後の子豚らの視線には無頓着でいる。

「それで、なんなの。呼び出した以上、また馬鹿が死んだんだろ。どいつがどんな死に方をしたってのさ?」

「揃《そろ》ったようだな。始めるぞ。とっとと片づけたいからな」

大河原はアメリの足から目を戻すと一同を見回した。刑事の大黒、鑑識課員の数之。そしてアメリは都内の大学病院に勤める医師で監察医でもある。三人は警視庁でチームを組む特別班だ。

「今朝方、この教団の教祖、達磨大師《だるまたいし》が死んだ。断食中のことだ」

「ダルマタイシ？」

大黒は大河原に初動捜査について尋ねた。

「教団での通り名だ。本名は前田五郎《まえだごろう》。そいつは断食の名人だったという。十日間のコースで、参加者に肥った自身が刻々と痩せていく様子を示しながら、さあ、皆さんも一緒に頑張りましょうって寸法だ」

「嘘《うそ》だわ。そんな簡単に痩せられるわけないわ。非科学的よ。なにかからくりがあるに決まってる。影武者が何人もいるとか、ハリウッド並みの特殊メークができるとか」

アメリが横やりを入れた。先ほど数之が否定的な言葉を告げたが大黒も同感だった。新興宗教だけになにか仕掛けがありそうな気がする。

「どこまで本当かは分からない。ただ断食で痩せる教祖の動画がネットに投稿されて話題を呼んだのは事実だ。実際に十日間のコースの最終日、参加者の前に現れる前田は信じられないほどの変わり様だったと聞いている」

「子豚を手玉に取る訳か。まるでグリム童話の狼《おおかみ》だ。死んでよかったんじゃないか」

数之がつぶやいた。アメリが続けた。

「どんなからくりかは別として、今の話だと前田って奴が断食に失敗して餓死したってことなんじゃない？　わざわざ呼び出さなくても、適当に処理すれば？」

「前田は今まで一度も断食に失敗したことはないんだそうだ」

「確かに餓死できるのは一回こっきりだよな。それが今回だっただけだろ」

数之の言葉を無視して大河原は続けた。

「それに大きな問題がある」

「問題って、なんなのよ？」

「ひとつは餓死だとしても、自然死なのか、あるいは自殺なのか、事故死なのか、それをどう扱うべきか、よく分からなかった。それで上に相談すると、おたくらサーカスに出陣してもらえってことになったんだ」

サーカスと告げた大河原の言葉に大黒は鼻を鳴らした。あまり口にされたくない言い回しだからだ。警視庁が管轄する東京都は複雑化する犯罪の坩堝《るつぼ》だ。事件の中には、その顚末《てんまつ》が理解できない案件もある。

そこで特設されたのが、若手から選抜された大黒らのチームだが、本庁の捜査員は彼らの班をサーカスあるいは番外地と呼ぶ。通常捜査の常識外、領域外という意味だ。というのも彼らが担当する事件は不可解な案件、中でも特に変死体を扱う班だからだ。

「ひとつっていうと別にもあるのか」

要点と判断して大黒は尋ねた。

「ああ、教団員の一人が、強く解剖を望んでいるんだ。念のためにと」

「それ、見ろ。そいつも餓死の線を疑ってるんだ。こりゃ、怪しいな。もしかして神に対抗する悪魔の仕業だと証明したいんじゃないか。なにかで読んだがバチカンには奇蹟《きせき》調査専門班があるらしいぜ」

トンデモ本の愛読者である数之が口をはさんだ。大黒は大河原に確かめた。

「つまり、俺たちをここに呼んだのは死んだ達磨を変死体として扱うかどうか、事件性の有無を確認して、続く捜査へ進めるためか」

大河原はうなずいた。そこへ監察医であるアメリが続けた。

「つまり餓死か否かってことね。だったら、さっさと片づけない？　死体はどこなの？天国の税関に着いたって伝えて、連れてきてよ」

「実はすでに病院に安置してある。仏さんはかなり衰弱していたらしい。発見された今朝方、意識がなかった。教団の関係者があわてて救急車を呼んだが搬送されている間に死亡したと聞いている」

「病院の所見はどうなのよ？」

「経緯から餓死だと踏んでいるが、こちらの指示を待っている状態だ」

「面倒くさいわね。さっさと切っちゃえばいいじゃない」

「俺が医者ならそうしたいよ。早く帰りたいからな。だが警官だ。だからあんたらの判断が必要なんだ」

大河原はそういうと一同をうながすようにビルの入り口へと歩き出した。

「今回のコースに参加していた生徒は二十人いたが、とりあえず帰した」

「なぜだ、大河原？」

「大黒、心配するな。身元はちゃんと押さえてある。それに生徒は達磨の死とは関係性が薄いんだ。彼女らは断食室には立ち入っていない。というのも四階にある断食室が特別だからなんだが」

「断食室だと？」

「後で検証してくれ。その前に関係者の話を聞いてもらいたい。中で待機している」

大河原は大黒らを先導してビルの自動ドアをくぐった。ひやりと肌に冷気が触れてくる。そこで大河原は鑑識の数之を振り返った。

「チビフグ、現場は通報があって、すぐに所轄が保存した」

「そうかい、ありがたい手配だね。ゴボウにしちゃ上出来だ。おもしろいじゃないか。それじゃ、乗り出すか、警視庁のブラッド・ピット、海賊船の船長さんよ」

数之が大黒を見ながら告げた。大黒は脳裏でつぶやいていた。数之、カリブの海賊はブラッド・ピットじゃない。ジョニー・デップだ。

大河原が説明した刻々と瘦せるというのは、多少の信憑《しんぴょう》性を匂わせた。入ったビルの一階は受付とロビーだった。

そのロビーには十日間で教祖が瘦せていく段階をパネル展示してあった。コースに参加する生徒に見せるためだろう。むろん写真だけにフェイクの可能性は大いにある。

写真の教祖は小太りの様子から次第に歌舞伎役者のようにすんなりとし、最後はフィギュアスケートの選手を思わせるほどだ。

「♪スミレの花、咲く頃――」

最後の写真を見た数之が鼻歌を口ずさんだ。確かに衣装はひらひら、ぴかぴかで宝塚歌劇の男役のように派手だ。その十日目の写真の下に長椅子があり、ジャーマンシェパードの集団が座っていた。

五頭ほどの雄で二十代から三十代前半、いずれも髪を短く刈り上げている。教団の関係者であることはすぐに理解できた。真っ白な僧衣に長い鉢巻きをしている。

五頭とも引き締まった肉体で、無駄な脂肪がかけらもない。断食ダイエットの教団としらない人間はボディビルのジムと思うだろう。皆、肩を揉《も》んでいる。瘦せるツボなのだろうか。

いずれにせよ、教祖の様子といい、関係者といい、女性に人気なのはダイエットの効果だけではないようだった。シェパードらは武道館で紙吹雪《かみふぶき》をまき散らしそうだ。

「解剖は？　頼んだ通りに実施してくれるのですよね？　教祖が断食に失敗することなどあり得ないんです」

入ってきた大河原を見てシェパードの一人が立ち上がると声を上げた。りりしい顔立ちの三十代前半の男だ。これが強く解剖を主張している人物だろう。

「それはこの三人が判断する。よく彼らの話を聞いて答えて欲しい」

大河原は大黒らを見やった。

「頼んだぜ。俺は次があるからさ」

さっさと引き揚げる心づもりが見え見えだった。告げた途端に指を伸ばすと切る爪を探している。胸中で舌打ちしながら大黒は相手に尋ねた。

「あなた、お名前は？」

「小達磨大師《こだるまたいし》、副教祖です」

「歯医者の受付で呼ばれるときは？」

「田中太郎《たなかたろう》」

名が体を表すというのは嘘だ。平凡だろうと個性的だろうと、生まれたばかりで自身の人柄とは関係なく与えられるのだから。

大黒は自分の名前で、どれほど苦労したか思い返した。子供の頃はいつも冷やかしの対象にされたものだ。ときには手を合わせて拝まれたこともあったが。

「田中さん、単刀直入に訊《き》きますが、ここでなにがあったんですか」

田中は解剖を訴える相手を大黒と定めたらしい。真剣な面持ちで話し始めた。

「今日は十日前から始まったコースの最終日でした。今朝、教祖が断食を終えて、その成果を披露するとともに、生徒達も体重計の記録を確認しあって子豚のようにダンスしながら解散する予定でした」

「すると外に集まっていた女性は？　彼女達は教祖以外が指導に当たるのですか？　大きなカバンを持っていましたが」

「いえ、教祖です。新しいコースが今夜から始まるはずだったんです」

「ですがコースの初めに肥っている自身の姿を生徒に見せると聞きました。断食を終えたばかりの教祖で大丈夫なんですか？」

「大丈夫です。一日あれば」

大黒はアメリを見やった。十日でみるみる痩せるのもさることながら、素早く肥るということは常識としてはもちろん、医学的にも信じがたい。しかしアメリは肩をすくめただけだった。死んでしまえば調べられないということらしい。

「バチカンに電話するか」

数之のつぶやきを無視して大黒は続けた。

「ここにいらっしゃるのは教団関係者の方ですよね」

「ええ、皆、教団員です。ほとんどがここで修行生活をしています」

「教団員は男性ばかり？」

「団内は女人禁制が教祖の信念でした。修行の妨げになるということで」

「断食コースの生徒は別なんですか」

「教えは広く布教しなければなりません」

日銀関係は教義に抵触しないらしい。

「教祖は四階の断食室で意識を失っていたと聞きましたが」

「はい。このビルは二階が断食道場で生徒さんはそこで断食レッスンをします。三階がその寝泊まりの部屋です。レッスンの間は外出厳禁。外へのドアは、すべて表から施錠して、中から開けられません。断食ですから当然、食品の持ち込みも駄目」

「四階は？」

「四階は教祖と我々の部屋。共同浴場、トイレ、炊事場などがあります。そこに教祖専用の断食室が設けられています」

「断食室で意識がなかった教祖を誰が最初に発見したんですか」

「森田《もりた》さん」

田中が視線を背後にやった。長椅子にいるシェパードの陰から誰かが立ち上がった。

七十代らしい年輩の男だった。体格はかなり小柄で、ドングリに手足が生えたようにちんまりとしている。陽《ひ》に焼けた皺《しわ》だらけの顔をしていて他のメンバーに比べるとかなり異質だ。

「呼んだかい」

森田と呼ばれた男はニコニコ笑みを浮かべながらロビーにいる大黒らに近づいてきた。

「聞いてたよ。事件の様子を聞きたいんだろう」

「ええと、森田さん、あなたも教団員なのですか」

「いいや。わしゃ、ちょっと離れたところで農業をしてる」

森田が端的に否定した。その言葉に田中が経緯を説明した。

「森田さんは今回のコースの生徒さんだったんです。このビルの土地を売ってくださった地主さんと昔からの知り合いだそうで」

「そうなんだよ。それでさ。この頃、肥ってきたから無理をいって参加させてもらったんだよ。デブのままじゃ、農作業が厄介だからね」

大黒は森田の説明を聞きながら視線をやった。肥っていると気にする体型には思えなかった。むしろ痩せ型といえる。

「コースにはときどき男性が参加されます。今回は森田さんだけでしたが。それで男性が参加される場合は女性とは別のフロア、我々と同じ四階の一室に寝泊まりしてもらっています」

「だな。わしが夜這《よば》いすると教団のスキャンダルになるからな」

森田が笑った。一連の説明で森田は教団員ではないものの第一発見者なので残るようにと機動捜査隊から指示されたようだ。

「そうしたら夜番も手伝ってくれるというので」

「夜番？」

「はい。教祖を見守る役です。朝と夜、半日ごとの交代制で、断食中は常に誰かが教祖のおそばに控えます。断食室に入ると教祖は一歩も外へ出ませんから、万一の地震や火事に備えるためと外との連絡係も兼ねています」

「今回も？」

「ええ、今回も教祖はずっと中でした。誰も入らなかったことは確認できています」

田中の言葉が信用できるかどうかは今後の捜査次第だ。しかしその口ぶりには、やけに確信があるように思えた。

「夜番のような大役を生徒さんにまかせていいんですか？」

大黒は第一発見者である森田が気にかかっていた。肥ってもいない老年の男がダイエットに参加すること自体、なにか裏がある気がする。

「いえいえ、見守り役は座っていればいいだけで難しい仕事ではありません。森田さんにお願いしたのは立会人の意味もあったんです。教団関係者以外なら、いかに公明正大に断食がおこなわれているかの証明にもなりますから」

「ああ、ずるはしてないようだったな。なにかをこっそり食べてた様子はなかったね」

「当然ですよ。教祖の断食は本物です。ただ我々も生徒さんの世話で手が足りないし、是非にとおっしゃるので、昨夜、お願いすることにしたんです」

「先ほど教祖が失敗するはずはないとおっしゃいましたが、今回だけはうまくいかなかったんでは？」

「そんなはずはありません。教祖は長年、断食修行を続けておられたんです。私も入団して三年間ずっと見てきました。だから解剖をお願いしているんです」

田中の言葉は決然としたものだった。ふわわと声がした。見ると数之が大きなあくびをしている。

「楽しいお見合いの席で悪いがな、そろそろ場所を変えて食事にしようぜ。といっても断食だったら、なんにも喰わないのか」

経緯はどちらでもいい。ともかく早く現場検証をしようと数之はいいたいのだ。じれてきているのだろう。

「四階の断食室に案内してもらえますか。森田さんもご一緒してください」

「あいよ」

軽く森田の返答があった。大河原の嬉《うれ》しそうな言葉が続いた。

「頼もしいね、サーカスは。俺は下で待機してるぜ」

一同は田中の案内でロビーの奥に向かった。四階建てのビルだがエレベーターはない。階段を上り詰めると鉄のドアが行く手をふさいでいた。

「いつもはこのドアを施錠しています。生徒さんが入れないように。女人禁制のスペースですし、炊事場には食品がありますからね」

夜中にこっそり盗み食いをしようにも鉄の壁に阻まれているわけだ。大河原が述べた〝生徒は教祖の死と関係性が薄い〟というのはこのことだろう。

「子豚の中に錠前破りの達人がいたのかな。だけど豚の手は蹄《ひづめ》だろ。器用さに欠けるよな。すると壁抜けの技が使えたのか」

数之の毒舌の真意は、本当にこの四階に関係者以外、立ち入れなかったかどうかだ。

大黒は田中に確かめた。

「このビルに外階段は？」

「あります。しかし四階に通じるドアは、ここも含めて中から施錠しますから外からは開けられません」

「鍵は？」

「四階の教祖の部屋です」

外からにせよ、中からにせよ、四階のフロア内に侵入するには最初に四階で鍵を入手しなければならないことになる。確かに生徒は今回の教祖の死と関わりが薄そうだ。田中は目の前の鉄のドアを開けた。捜査中の現在は施錠されていない。

「ここが私達のフロアです。断食室は奥にあります」

田中はそう告げると廊下を進んだ。炊事場と食堂を兼ねたスペースに浴室。次いで個室が並んでいる。

そのどん詰まりにあったのは頑丈そうな鉄板の扉を構えた一室だった。進んできた部屋とは様子が違う。アルカトラズの収容所を彷彿《ほうふつ》させた。

扉の中ほどに文庫本ほどのサイズの窓が口を開いている。一メートル半ほどの高さか。平均的な身長の男性だと、ちょうど顔あたりに位置していた。

「この窓は？」

「確認用の覗き窓です。見守り役が教祖の様子を確かめるためのものです」

「すると森田さんもそうしていた？」

大黒の質問に森田が答えた。

「ああ、ここの廊下に座って、ときどき中を覗いてた。それでいいってことだったからさ。背伸びしながらだから自分が案山子《かかし》に思えたね」

大黒は森田の返答に田中を見やった。田中はうなずいている。

「森田さん、発見時の様子は？」

「最初は普通だったんだ。だけど断食も十日になると疲れてくるんだろうさ。唱えていた念仏が急に弱々しくなってきてね」

「念仏?」

森田の返答を田中が補足した。

「無事だという合図です。断食部屋と見守り役のいる廊下とは、この頑丈な扉で区切られています。扉は教祖が内部から施錠すると外からは開けられず、誰も入れません。何人《なんぴと》も断食に関与できないようにするためです」

そのために念仏で安否を外に伝えていたと田中は補足した。

「刻々と痩せていく姿をコースに参加している生徒に示すと聞きましたが、入れないならどうやって?」

「コースが始まる朝、この窓にビデオカメラを据えて二階の道場のモニターに中継します。教祖の訓話があって、それからはどれだけ痩せたかを定期的に伝えます」

「つまり断食中は外との接触はこの小さな覗き窓を通してしかできないんですね」

「ええ、断食室の鍵は中に入った教祖が持っています。合い鍵はありません」

「今回みたいに万一があった場合はどうするんですか。教祖が内部から鍵をかけていたら入れないでしょ」

大黒は階下での様子を思い出して告げた。

「体当たりでもしたんですか」

「試してみたけれど駄目でした。なんのための修行だったんでしょう」

田中は語尾を震わせた。

「それで？」

「倉庫に工具が一式あります。今回はガスバーナーで錠前を焼き切って突入したんです。ただ思ったより時間がかかって。それで教祖をお救いすることができませんでした」

田中は涙声になった。見ると鍵の部分が焼けこげている。数之が笑った。

「ガスバーナーを常備している宗教団体か。拝火教の側面もあるんだな」

続く言葉はない。厄介さを理解した捜査陣に沈黙が訪れている。ただ一人、今まで黙っていたアメリが楽しそうな声を上げた。

「つまりここは密室ってこと？　いいじゃない。少しやる気が出てきたわ」

ややこしくなるな。大黒は心中で溜息をついた。アメリの言葉は監察医ではなく、捜査の本筋に関わりたいということだ。それを無視すると、ふてくされて仕事をしない。だが監察医に捜査権はない。捜査は警察官にのみ許された行為だ。というのにアメリは言い出すと聞かない。それに今までの事件で弱みを握られているのだ。

取るに足らない捜査上の違法行為だが、それを暴露すると言い立ててごり押しする。結果、事態はいつもアクロバティックになるのだ。先行きに不安を覚えながら大黒は話を進めた。

「森田さん。発見時の続きを」

「ええとさ。朝方近くかな、薄明るくなってきたら聞こえていた教祖の念仏が止まってね。あれれと思って覗き窓から見たんだ」

「すると教祖の意識がなかった？」

「ああ。ぐったりと体を横たえてた。なんだか痙攣《けいれん》しててさ。呼んでも答えないじゃないの。わしゃ、断食ってのは初めて体験するから、こんなものかなとも思ったけど、念のために、ここの人を呼んだの。そしたら、えらいことだって話になって」

「いつもと様子が違ったんですね。それで扉を破って救急車で搬送した？」

田中がうなずいた。大黒は窓から中を覗いてみた。まるで座敷牢《ざしきろう》だった。アメリがいう密室だとしたら横溝正史《よこみぞせいし》のタイプらしい。

室内は六畳の畳敷き。壁に窓はまったくない。隅に布団が畳まれていた。壁際の小さな文机《ふづくえ》には経文《きょうもん》らしき物が広げられ、横に半ば満たされた透明なポリタンクが置かれている。それが目に留まった。

「あれは？」

「ミネラルウォーターです。断食前に必要な量だけ入れて持ち込みます。さすがに水は必要ですから」

「教祖は十日間、不眠不休で断食しているんですか」

「いえ。昼間、仮眠をとられます。ですが、もちろん、この中でです」

「奥の扉は？」

「あれはトイレです。当然ですが、断食に入ると教祖は水以外、摂《と》りません。ただし今まで体内にあったものは排泄《はいせつ》する必要があるので」

「トイレに窓は？」

「ありません」

「厳格なんですね。だけど見守り役と協力すれば、この窓から食べ物を手に入れることはできますが」

　現時点での捜査のポイントは餓死か否かだ。大黒には教祖がみるみる痩せたり、一日で肥ったりできるというのに裏があるように思えてならなかった。

「そんなことをすれば断食の意味がないじゃないですか。痩せるのが目的なのに」

　田中が叫んだ。断固として断食を主張したいらしい。確かに協力者がいない場合、食品は自身でこっそり持ち込むしかない。だが森田はずるをした様子はなかったと証言した。残された可能性はトイレに食品を隠しておく線だろうか。

「この十日間、教団員の方は教祖になにも手渡してませんね？　通常、食べられないと思う物でも」

「なにも。紙切れ一枚、渡していません」

「へへ、山羊《やぎ》でも痩せそうな話だな」

数之が混ぜ返した。

「だったら白山羊さんから、お手紙はなかったってことね」

アメリの言葉は現場検証はこのくらいにしようといわんばかりだった。じっとしているのにじれているのだ。

「森田さん、教祖は痩せていましたか」

「下の写真に比べりゃ、骸骨同然だったな」

証言は田中の主張する本物の断食へと傾き始めている。大黒はつぶやいた。

「どうも餓死の線が強いですね」

「そんなはずはない。教祖は今日の断食明けに大好きな鰻《うなぎ》の蒲焼《かばや》きを山ほど炊事係に用意させていた。今回も絶対の自信があった証拠だ。教祖が死んだのは、きっとなにか別の理由なんだ」

田中は絶叫に近い言葉を放った。なんだ〵なんだ〵なんだ。響きが消えるのを待ち、大黒はロビーに戻ることにした。萎《しお》れたような田中を前に階段を下りる。背後から森田とアメリの声が聞こえてきた。

「お姐《ねえ》ちゃん、背が大きいね。子供の頃になにを口にしてたんだい？」

「牛乳」

「やっぱりな。わしも、もっと飲んどきゃよかった。ガキの頃から腹が弱くて、飲むとすぐ下すもんでさ」

教祖の死は餓死の線が濃厚だ。他の可能性が見当たらない。大黒がそう考えながら一同とロビーに戻ると待っていたように大河原が声をかけてきた。

「今、捜査員がビルの裏でややこしいものを見つけた。ちょっときてくれ」

両手に手袋をしている。大河原の言葉に大黒らはロビーを抜けると裏口から外へ出た。ビルの裏手は搬入口らしい様子だった。ちょっとしたスペースにゴミ箱が並び、段ボールや手押し車がある。奥にはプレハブ小屋がうかがえた。説明のあった倉庫だろう。

「これなんだよ」

大河原は横手にあった花壇にかがむ。薔薇がぎっしり植えられている。手袋の手で大河原が葉と蔓《つる》をかき分けた。すると現れたのは釘《くぎ》を打ち付けられた藁《わら》人形だった。

「へええ。丑《うし》の刻参りかい」

背後で声があった。振り返ると森田だった。いつの間にきたのか、一同の後ろで藁人形に視線を注いでいる。

「いいねえ。わしゃ、こうゆうのを期待してたんだ」

森田は藁人形から視線を一同に戻した。

「これ、あとでビデオに撮っていいかい」

ニコニコしている森田にアメリが告げた。

「ふううん、そういうこと？　ビデオね。あんた、断食ダイエットに参加したのは、それが目的だったんでしょ」

「ばれちゃったかい？」

「どうも変だと思ったのよ。さっき、階段で大きくなりたいようなことをいってただろ。そんな奴が断食ダイエットに参加するかい？　余計に貫禄《かんろく》がなくなるじゃん」

「実はさ。わしゃ、ここに潜入してるんだ」

「というと同業？　公安かなにかなの？」

アメリが声を低めた。すっかり捜査官になりきっている。森田は続く言葉を手で制した。そして周囲を見回す。

「あの連中、いないよな」

教団関係者のことだろう。一同も辺りを確認してうなずいた。

「実はわしゃ、趣味でホラービデオを制作しててね。それで怪しげな教団があるって聞いて生徒を装ってこっそりロケハンをしてたんだ」

大黒は溜息をついた。要するに森田は興味本位の野次馬だったようだ。長く空気を吐きだしてから大黒は尋ねた。

「アメリ、ここに生徒がくると思うか」

「こないでしょ。まず断食中は外出が不可能。うまく抜け出したとしても、こんなところに食べ物があるとは思えない。ゴミを食べるなら別だけど。それに搬入口だろ。散歩するにはロマンティックじゃないわ」

　口調は別として答は女性としてまっとうな見解に思えた。

「さっき、俺はこの件を餓死だといった。しかし話がちょっとこじれてきた気がする」

「そうね。誰が誰に対して呪っていたか、定かじゃないけど、わたしは生徒じゃないと思うよ。藁人形は生徒がこないここに捨てられてたんだもの」

「とすると教団内の人間関係がややこしかったことになるぜ。どうも一仕事、必要みたいだ。どうする、大黒？」

「俺はさっきの田中らに、この人形を見せて話を聞いてみる」

「そう。じゃ、わたしは病院に教祖を切りにいってくるかな」

　アメリがうなずいた。数之は鑑識用の金属ケースからカメラを取り出すと花壇と人形をいくつかの方向から撮影し、続いて人形をビニールパックに収めると大黒に手渡した。

「俺は断食室の鑑識捜査だな」

「それじゃ、それぞれ仕事が済んだら、また落ち合おう」

大黒は二人に告げた。話を聞いていた大河原は笑みを浮かべた。

「つまり所轄を残して俺達はお役御免でいいな？」

数之が答えた。

「ああ、連絡船じゃないからテープはいらないぜ。手を振るだけでいいさ」

大河原は手袋を取るといそいそと裏口へ消えていった。

「いいねえ。謎の宗教団体、呪いの藁人形。不可思議な死を遂げた教祖」

森田が告げたが誰もなにも答えなかった。特別班は三方に分かれた。

二時間後に教団ビルにアメリが戻ってきたとき、大黒は関係者の聞き込みを終え、数之も鑑識捜査を完了していた。

それぞれの作業にそれほど時間はかからなかった。だがそれは、これからの捜査に時間がかかることを意味していた。

達磨大師こと前田五郎。困った変死体。その報告は、まず解剖から帰ったアメリから始まった。

「教祖が断食していたのは確かだわ。摘出した消化器官は、かなり縮こまっていたし、胃から腸の最後まで内容物はまるでなかった」

部屋のパイプ椅子に座るアメリは解剖所見のコピーを二人に手渡しながら告げた。組み直した足の奥で、かすかに黒い影が走る。

大河原がいたなら大喜びしただろう。しかし三人以外は部屋にいない。教団ビルの一室を借りての捜査会議だからだ。数之がコピーを見ながらつぶやいた。

「なんだよ。今のアメリの話じゃ、餓死による自殺か事故死で決まりじゃないか。大黒、誰かが断食室に忍び込んだという情報はあったか？」

「あの部屋には誰も入れないし、十日間、入らなかった。証言だけだが、そいつは裏が取れた」

大黒は田中以外の関係者に済ませた聞き込みを二人に披露した。

「ところが餓死じゃねえんだよ。死因は別」

アメリが高笑いした。

「教祖の死因はＯ《オー》１５７による食中毒死だと判明した。外傷はなし、毒物も検出されなかった。だから外的な要因は考えられない。おそらく断食で衰弱していた体に食中毒菌が蔓延《まんえん》して、それで死に至ったみたいだね」

「ちょっと待ってくれ」

数之がアメリの話を制した。

「俺は断食室を蟻《あり》のように這って遺失物を捜した。しかしあそこにはクッキーの欠片《かけら》も米粒ひとつも見当たらなかった。だから教祖はあの部屋では、なにも口にしなかったことになる。こいつは絶対だ。それがどうやって食中毒で死ぬんだ?」

「トイレは?」

大黒は数之に質問をぶつけた。

「調べたさ。あそこからもなにも出なかった。菌に関しちゃ、所轄の警官に分析用の綿棒を三本、アメリに届けさせたんだが」

「便器をぬぐったやつからは原因菌が出たわ」

「残りの二本はどうだ? ポリタンクのミネラルウォーターとトイレの貯水槽に浸したやつもあっただろ」

「どっちも菌が検出されなかった」

「だったら食中毒死ってのは変だぞ。ミネラルウォーターにもトイレの水にも菌はないのに、出したものにだけあるのか?」

数之の感想に大黒は確かめた。

「アメリ、食中毒の症状ってのは、どのくらいで出るんだ?」

「人によるけど早ければ二日ってところ。今回もそうだろうね。元気な菌で繁殖力が旺盛だから」

「だろ。大黒、トイレにはなにもなかった。そいつは神に誓ってもいい」

「誰かが、あの部屋のトイレを使い、それで菌がうつったとしたら?」

アメリが首を振った。

「それだともっと早く症状が出るわ。あそこのトイレは教祖が断食に入る前じゃないと他の人は使えないんでしょ。もし菌をもっていた誰かが使ったとしたら断食を始めた段階で教祖に感染するはずだもの」

「長い間、トイレを使わなかったら？」

「我慢してたっていうの？　なんのために？　痩せるためには段階的に体にあるものを出す必要があるわよ」

大黒はしばらく考えてアメリに告げた。

「消化器官にはなにも残ってなかったといったな。だがトイレットペーパーを食べたんならどうだ？　あれは普通の紙よりも水溶性がある」

大黒は山羊の連想からそう付け足した。

「あら、そう。わたしの調べを疑うわけ？　いいわよ。受けて立とうじゃない。わたし、菌の検出用キットを持ってきてるんだ。最新式のをね」

アメリはなににおいても最新式が好きだ。コンピューターも携帯端末も時計も。死体を扱う仕事柄、未来のないものにはうんざりしているのかもしれない。

「断食室のトイレットペーパーを持ってきてくれ」

大黒は一旦、廊下に出て所轄の警官に指示した。

「検査は簡単なのよ。原因菌が特定できてるから、同じのかどうか比較すればいいだけ。トランプの絵柄合わせみたいなものね」

アメリはカバンからプリントアウトした写真を取り出した。そこへ警官が戻ってきた。

「この写真は教祖のお腹《なか》にいた坊や。可愛いだろ？　カリントウみたいで。あとはゼラチンシートに対象物を付けて、少し待って同じ菌がいるかどうか顕微鏡で確認。最新式だからあっという間さ」

警官からトイレットペーパーを受け取ったアメリが作業に入った。長目に引き出し、シートに押しつける。ペーパーが原因なら菌はなんらかのかたちで未使用部分に残存しているはずだ。

というのも意図的な行為だとしても教祖の感染は二日ほど前と思える。何度、トイレを使うか、一回にペーパーをどの位使うかは不確かだ。感染させたい場合なら多めに塗布する必要があるだろう。

アメリは十分ほど時間をおいて小型の顕微鏡を取り出した。顕微鏡にはペンタイプの小さなカメラが接続されている。それでシートの画像をモニターでチェックする電子式らしい。装置のコードをコンセントに刺すとアメリはスイッチを入れた。

「さてさて、お腹を痛くする坊やがいたら、そろそろ増えてるはずだわ」

カメラをシートに向けて画像を眺め、写真と比較していたアメリはやがて首を振った。

「やんちゃ者はいないね。トイレットペーパーにも原因菌はなかったってことだわ」

「じゃ、どういうことなんだ？　断食中に食中毒死？　どこにも菌がないのにか？」

煩悶《はんもん》する数之に大黒が告げた。

「人間、ひもじくなればなんでも喰うかもしれない」

「よしてくれよ、大黒。教祖が自身の出したものを口にしたってのか。あるいは便器に残っていた他人のを舐《な》めたとでも？　第一、その推理は矛盾する」

「そうよ。消化器官は空っぽだったたっていっただろ。教祖が自分の糞《くそ》を喰うようなスカトロ野郎だったとしても痕跡は残るんだよ」

「いや、ミネラルウォーターにも可能性が残ってる。なにかあってポリタンクそのものか、中身かが入れかわり、その後に元に戻った。口にしたのはあれだけだ」

「おいおい、警視庁きっての色男。お前は他殺を視野に入れてるんだな。もしかして藁人形にこだわってるのか」

「ああ、恨みを抱いた犯行なら餓死を装った他殺とも考えられる。教祖は昼間、仮眠していたといってた。誰かがこっそり、なんらかの方法で断食室に入ったのかもしれない。蛇みたいに細かったり、蛸《たこ》みたいに体が柔かい奴が」

数之に告げながら大黒は解剖所見をざっと改めた。奇妙な一文が目に留まった。

「薔薇か――」

「刺青《タトゥー》のこと？」

アメリが答えた。大黒は聞き込みの情報を補足した。

「達磨って教祖は心底、薔薇が好きだったようだ。裏にあった花壇もこいつの趣味だ。聞き込みだと、なんとか青いのを咲かせようとしていたそうだ」

解剖所見の一文に「左大腿部《ひだりだいたいぶ》に青い薔薇の刺青《いれずみ》あり」とあった。数之が告げた。

「ブルーローズか。園芸に凝るのは実は男の方が多いそうだぜ。品種改良してコンテストに出品するんだとさ。懸賞金もさることながら、自分を誇りたいんだろうな」

「男って馬鹿だよね。美を純粋に美として楽しまないんだからさ」

アメリが小さく鼻を鳴らした。高い鼻の根に小さく皺が寄っている。

「大黒、聞き込みで別の成果はあったか？」

「薔薇の話や断食室については簡単に聞き出せた。だが藁人形を見せて、こいつの事情が分かりますかって尋ねると途端にみんな口を貝のように閉ざして、なにも答えないんだ。行き詰まりもいいところだ」

「練馬《ねりま》の路地だな。たんぼ道の名残りみたいに袋小路ばかりか」

「それってさ、逆になにかあるってことじゃないの？」

大黒はアメリの言葉に答えず、部屋の椅子から立ち上がった。

「とにかくこの件は、かなりややこしい。改めて自殺、事故死、他殺の三方向からひとつずつ潰そう。まずは自殺からだ。事故死、他殺に比べて可能性が一番高い」

三人がいたのは生徒が使う着替え用の二階のスペースだ。大黒は二人を伴って部屋を出るとロビーに降りた。そこでは、まだ教団員が待機していた。

「田中さん、ちょっと教祖の部屋を見せて欲しいんですが」

うなずいた田中は階段を再び四階へ先導していった。鉄の扉を開くと、どん詰まりの断食室の隣の部屋へと案内する。

「ここです。鍵はかかっていませんので、どうぞ」

三人は田中を廊下に残すと教祖の自室へと入った。断食室と同様の畳部屋だが、壁には窓があり、文机と本棚がある。隅に布団が畳まれており、寝起きを示していた。

「なにか残されてないか」

手袋をした大黒は数之、アメリに告げた。引き出しを改め、雑多な小間物を広げる。鉛筆に消しゴム。手紙に近所の鰻屋のメニュー。教祖の持ち物はごく普通だった。これといった手がかりは見当たらない。

「本当に薔薇が好きだったみたいだぜ。ここの本は全部、園芸関係のものばかりだ。おや、こんなところにノートが」

本棚を調べていた数之が言葉を漏らした。大黒は数之が発見したノートを受け取って開いてみた。中に記載されていたのは薔薇に関する日誌だった。

いつ、どの薔薇同士を交配させたか。その結果はどうだったか。肥料や使った防虫剤の記述もある。しかし薔薇に関する文章以外はない。

「このノートに遺書めいたことはなにもない。むしろ、熱心に薔薇を育てていた様子だ。断食に入る前、教団員に伝える薔薇の世話についての注意点が書き留めてある」

「こっちも衣類ばかりだわ。あら、こんなところに本が」

クローゼットを改めていたアメリが声を上げた。数之が尋ねた。

「そっちに本があったのか？　こっちの本棚じゃなくて？」

「ああ、文庫本のロマンス小説。数が多いよ。こいつ、恋愛小説が好きだったみたい。恥ずかしいから隠してたのかもしれないね」

「大黒、やっぱり自殺の線はないな」

数之が感想を述べた。大黒も同感だった。遺書がないし、第一、死のうと思っている人間が薔薇の心配をするのはおかしい。隠すようにしていた恋愛小説を始末しないのも変だ。それにわざわざ食中毒死を選ぶのも解せない。死ぬならもっと楽で簡単な方法がいくらでもある。

大黒は教祖の部屋を出た。廊下で待機していた田中に声をかける。日はすでに落ちて廊下の窓の外は暗かった。

「教祖は即神仏を目指していましたか」

「おっしゃる意味がよく分かりません。確かに断食はこの会の重要な修行です。ですがそれで涅槃《ねはん》を目指すことはありません。それに教祖は十日間の修行の終わりに好物の鰻を用意させていたとお話ししましたよね」

「あの兄さんのいうとおりかもな。用意させた鰻を食べずにあの世にいったら、かなりの未練を残す。断食中に自分の前世が鰻だったお告げがあれば別だが」

成果のなかった捜査に数之が不満げにつぶやいた。

「このフロアには炊事室があると聞きました。ということは皆さん、断食以外のときには食事は自炊するんですよね」

「ええ、そうです。団員が交代で炊事係をしますが」

「最近、ここで食中毒が起きませんでしたか」

田中は怪訝《けげん》な顔をした。

「実はね、教祖の死因が食中毒死だと判明したんですよ」

田中はしらされた事実に息を呑《の》むと考え込んだ。しかしやがて首を振った。

なにかがおかしい。事件の因果関係がどうにも不確かだ。なにかある。大黒の刑事の勘がそう告げていた。

「田中さん、ロビーで待機していてください」

大黒の指示に納得いかない素振りで田中は階段を下りていった。納得いかないのは大黒も同様だ。なにかを断食室に見落としているのではないか。

「ふふふ、事故死の線も薄くなったみたいじゃない」

田中が消えるとアメリがつぶやいた。

「こうなったら、白黒はっきりさせなきゃなんないね。次に進むためにも」

アメリの言葉に数之が尋ねた。

「なんの白黒をつけるんだ？」

「原因菌よ。わたしの持ってきた検出用キットがあるだろ。さっき、手順は理解したよな。簡単なんだ。だから炊事室の残飯を調べる係と別の係に別れましょ」

「待ってくれ」

大黒は話の先をうっすらと察した。アメリの声が響いた。

「駄目よ。人体実験。断食室にいると食中毒になるかどうか、三人の誰かが生け贄《いにえ》」

「ははあ、繁殖力が旺盛な菌だから一晩いれば、なんらかの反応が体に出るってことなんだな」

「ずるがないようにジャンケンよ。負けた奴が断食実験」

「大黒。多数決を取るか？」

不安は的中した。ここで反対しても、二人はジャンケンの賛成派だ。多数決でなし崩し的にジャンケンが採用されるのだ。

大黒は大きく息を吐くと意を決した。勝てばいいのだ。アメリが元気なかけ声をかける。しかし大黒が出した右手はいつもと同様の勝敗を示した。

「大黒、お前、本当にジャンケンが弱いな。昼飯を抜いてるから腹が減ってるだろうが晩飯はおあずけだ」

一夜が明けた。数之とアメリは生徒用の部屋に泊まり、大黒は一夜を断食室で過ごした。昨日の朝食以降なにも口にしていない。胃に入れたのはポリタンクの水だけ。

ひもじかった。そのために熟睡できず、うとうとしただけだった。そのまどろみの中に得体のしれないなにかが浮かんで消えた。だが目覚めてみると、ただヌラヌラした印象しか頭に残っていない。

空腹が生み出した幻影だろうか。それとも断食室のなにかからの連想だろうか。大黒はその正体をつかもうとぼんやり考え込んでいた。

「起きてるか？　腹はどうだ？」

廊下から数之の声があった。

「ぺこぺこだ」

「そうじゃなくて下痢とか嘔吐《おうと》感はないのか」

空腹感からくる胃の痛みはあるが、それ以外に異常は感じない。大黒は首を振った。

「アメリがお前の尿の検査を終えた」

断食に入る前、大黒はアメリから朝一番で検査用の尿を渡すように指示されていた。

「原因菌はかけらもないそうだ。ある意味では収穫といえるよな」

数之の言葉は正しかった。断食室には食中毒の原因となるものがないと明らかになったのだ。空腹と不眠も人の役に立つことがあるらしい。

「出ろよ。哀れに思って下に朝飯を用意してやった」

大黒はその言葉にのろのろと立ち上がり、断食室を出た。

収穫は今の話だけではなかった。断食室に入って大黒は室内を徹底的に改めた。しかし部屋から外へ出るには施錠された鍵を解くしかないと分かった。

トイレには窓がない。隠し扉も秘密の通路も室内には見当たらなかった。魔法のようにルームサービスが現れないか。ビールとサンドイッチを届けてくれないか。

この断食室がお菓子の家だったらよかったのに。ひもじさからそう願った大黒だったが現実は冷徹なものだった。田中の証言は正しい。断食室ではなにも口にできないのだ。

「炊事室の残飯からも菌は出なかったぜ」

二階の一室に向かいながら数之が述べた。うまそうな匂いが鼻に届いた。部屋に入るとアメリがすでに食事をしていた。

テーブルには弁当の空箱がふたつ放り出されている。だがアメリは三つ目を瞬く間に平らげていく。食べているのは近隣のチェーン店のものだろう。テーブルに大黒と数之の分が置かれていた。

「大黒。あんた、トイレでスカトロ行為に及ばなかったのか？」

アメリが四つ目の弁当に手を伸ばしながら尋ねた。食事中に口にするセリフとは思えなかった。大黒は首を振った。

椅子に座り、弁当の蓋を取る。ほんのりと湯気が上がり、蒸された海苔《のり》の香りが鼻に届いた。出来たての海苔弁だ。断食のつらさから思わず大黒の目尻が滲《にじ》んだ。

「大の男が海苔弁ひとつで泣くなよ」

アメリに背中を叩《たた》かれた。悔しかった。断食の苦しみが分からない奴に、この涙は理解できない。大黒は宝石を扱うように弁当を丁寧に食べた。米粒ひとつ残さずに。

「落ち着いたようだな。さてそれで、どうするんだ？　教団員は相変わらず藁人形に関して口を閉ざしてるが」

数之は聞き込みを続けてくれたようだ。今後の捜査について尋ねてきた。

「昨夜一晩、断食室を徹底的に調べた。あそこから出るにはやはり扉を破壊するしかない。外食もつまみ食いも不可能だ」

「あのよ、大黒。こうなると他殺の線しか残らないんじゃないか。やっかいだな、断食室は密室同然だぞ」

「アメリ、聞きたいんだが、消化器官にはどんな内容物も残っていなかったんだな。例えば風邪薬みたいなカプセルとかオブラートとか」

「なにかをこっそり飲ませたっていうの？　そんなものでも体内に残滓《ざんし》となって残るよ。まったくなにもなし。すっからかんだった」

アメリの言葉に数之が苦笑した。

「ひもじくて指でもしゃぶったのかね。ああ、そうだ。もしかすると教祖は本当のところ、牛だったんじゃないのか」

「数之、残念ながら胃はひとつだったわ。反芻《はんすう》することもできない。蛸みたいに自分の足を食べても消化器官に残るわよ」

事件も厄介だがメンバーはもっと厄介だ。大黒は小さく溜息をつき、二人に告げた。

「他殺だとすると四階の様子から外部の犯行は考えづらい」

「つまり教団内のいざこざか？　教団員が餓死に見せかけた？　藁人形は怨恨絡みってことなのか。だとして、どうやって断食中に食中毒にさせられるんだ？」

数之が核心を問いただした。

「いざこざの経緯が分かれば少し前進する」

大黒はまどろみの中で見たヌラヌラのことを話そうか思ったが、ややこしくなりそうなのでやめた。

「経緯か。だが奴らは口をつぐんでいる。なにがあったか、なかなか分からんぞ」

「分かるよ」

部屋のドアが開いた。入ってきたのは森田だった。

「おはようさん。いい匂いだね。朝飯は海苔弁かい？」

「いやだ。あんた、立ち聞きしてたの？」

アメリが森田を睨《にら》んだ。

「立ち聞きじゃないんだよ、お姐ちゃん。通りかかったら難しそうな会話が聞こえてきた。わしゃ、耳がいいもんでさ。なんだろうってことで」

「それを立ち聞きっていうんでしょうが」

「そうかい。そりゃ、失礼しましたね。お邪魔なようだから退散するよ」

アメリの咎《とが》め立てに森田はドアに向かおうとした。そこへ大黒が声をかけた。

「ちょっと待ってください。分かるって、なにかご存じなんかですか」

「ああ。だって、ここに十日もいるんだ。おおよその人間関係のもつれっていうの？この教団のなにがどうなってるのかは、なんとなく察しが付くよ」

「嘘ばっかり。どうせ、あちこち首を突っ込んだり、ひそひそ話に耳をそばだてていたんでしょ」

アメリが森田を揶揄《やゆ》した。

「人聞きが悪いな。わしゃ、そういった巡り合わせでね。話の方からわしを呼ぶんだ」

会話を本筋に戻すために大黒は森田に尋ねた。

「それで、なにがどうなってるんですか」

森田は手近なパイプ椅子を引き寄せると腰かけた。

「あのさ、ここの田中って男。副教祖の小達磨っていってたろ？　つまりさ、ここのナンバー・ツーってことだよ」

「だろうな。副教祖以外に教祖代理やサブCEOってのがいれば別だが」

森田は数之を一瞥《いちべつ》したが、言葉を無視して続けた。

「だがな、あいつは副教祖になったばかりなんだ。それまでは古株がナンバー・ツーだった。ところが突然、行方不明になった。教団の金を持ち逃げしたって話だよ。そんなわけでナンバー・ツー争いが始まった」

「つまり、なんなのよ」

「いいかい、お姐ちゃん。ここは結構な人気で儲かってるのは分かるだろ。となるとだ。ナンバー・ツーになるかどうかってのは」

数之が納得したように話に割り込んだ。

「ははあ、組織内の利権を巡る権力闘争ってことなのか。それなら他殺の線は大いにある。蹴落とされた方が教祖に恨みを抱いたわけか」

森田が数之を見つめると告げた。

「あんた、数之さんっていったかね。どうしてそうやって他人の話の腰を折るんだい？　みんなから嫌われるよ」

苦言を呈する森田に大黒は尋ねた。

「森田さん、田中とナンバー・ツーを争っていた人間ってのは誰だか、ご存じですか」

「そこまで耳はよくないね」

大黒は立ち上がると部屋から首を出した。廊下の端で待機していた所轄の警官に声をかける。

「副教祖の田中をここに呼んでくれ」

大黒の指示に警官が階下へと降りていった。

「森田さんは席を外してください。事情がこみいるといけませんので。またなにか聞くときにはお呼びします」

大黒の言葉に森田が部屋を出ていった。

確かに森田の話はあり得るだろう。金が発生するところには欲望も発生する。森田は教団の関係者ではない。誰がナンバー・ツーだろうが、どうでもいいことだろう。今の証言は第三者のものとして参考にしてよい。

ほどなく副教祖の田中が部屋に入ってきた。大黒は田中が座るのを待った。

「田中さん、端的にお訊きします。あなた、ナンバー・ツーになったばかりだそうですね。その直前まで別の人と争っていたと聞きましたが」

「どこでその話を？」

大黒は椅子から立ち上がった。ここは見せ場だ。わざと田中に背を向け、窓辺に寄った。朝日の中、大黒は黒いシルエットになってみせた。

「私も刑事の端くれでしてね」

ぴしゃりと音がした。見ると田中が自身の額を叩いていた。

「照れるなあ。自慢するようで恥ずかしかったからいいませんでしたが、おっしゃる通りなんです」

「恥ずかしかった？」

「ええ。確かに私とナンバー・ツーを争っていた人間がいました。だけど私に白羽の矢が立ったんです。実はこう見えても私は経営に関してはプロなんです」

「経営手腕を買われた？　その決定は会議かなにかによってですか？　それとも教祖の抜擢《ばってき》？」

「教祖の大英断です。私がハーバードのビジネススクールを出ているからでしょう」

数之がこほんと咳払《せきばら》いをした。事実なら話の筋は通っている。しかし大黒は自身の推理に基づいて話を進めるしかなかった。

「あなた、強く解剖を要求していましたね。教祖の死を変だと感じていた。それは権力争いが絡んでいたからじゃないですか」

「ええ、断食が得意な教祖が餓死するのはおかしいです。だからなにか別の理由があると思ったんです。ですが今の話ですと教祖は殺されたように聞こえるのですが」

「我々はそう考えています。あなたとナンバー・ツーを争った人について聞かせてもらえますか。それは誰ですか」

田中は顔を曇らせた。つらそうな顔つきは冬の日本海を思わせた。

「仲間を疑いたくないのですが、教祖の死が解明されるなら、お話しします。私と同期入団に安井《やすい》という団員がいました」

「いましたというと？」

「やめました。私がナンバー・ツーに決定した翌日でした」

「その人は今、どこに？」

「自宅じゃないですか。安井はここで寝泊まりする団員ではなく、アルバイトをしながら通っていましたから」

「安井さんの住所とアルバイト先を教えてください」

「アルバイト先はしりませんが、住所なら事務所の名簿を見れば分かります」

「写真は用意できますか」

「先月、みんなでバーベキュウ・パーティーをしたときのがあるので持ってきます」

田中は事務所へと部屋を出ていった。強力な容疑者が浮上した。教祖の死の理由が解明されるかもしれない。

「これが安井です」

戻った田中の写真を大黒は眺めた。教団員らがバーベキュウ・コンロを前に笑っている。田中はその内の一人を指さしていた。大黒は安井の顔を携帯端末で撮影した。

「へええ、まだあったんだね。ドクター・ジンジャーは」

背後でつぶやきがあった。いつの間にか森田が部屋に入ってきていた。

「ドクター・ジンジャー?」

聞き慣れない単語に思わず大黒は問い返した。

「ああ、教祖が着てるTシャツだよ」

森田が写真の中央にいる教祖を指さした。

「わしが子供の頃、大人気の飲料でね。薬みたいな、ちょっと奇妙な味がしたけど、これがアメリカだって友達は騒いでいたっけな」

Tシャツの胸元には製品のロゴが刷られている。丸いマークの中にドクター・ジンジャーと英文が読みとれた。

「近所の小さな店じゃ、品切れになるほど流行《はや》ってたっけ。今から思うと、こんなのより牛乳にすればよかったかな」

森田がアメリに視線をやりながらつぶやいた。大黒は田中から名簿を受け取り、安井の住所を書き写した。場所はすぐ近くのアパートだ。大黒は突破口を見つけた気がした。

「田中さんと森田さんは出てもらえますか。捜査会議を続けますんで」

大黒の言葉に二人が退出する。数之が尋ねてきた。

「大黒、その安井ってのが有力な容疑者らしいが、どう調べを進めるつもりだ？」

「食中毒菌に足は生えていない」

答えながら大黒は廊下に顔を出すと所轄に指示した。

「近くで食中毒がなかったか、調べてくれ」

「なるほどな。近隣の食中毒事件と関係がないかってことか。確かに遠方の菌を入手するのは無理だ。報道でしったとしても、発生後は入手できないからな」

「そうね。となると安井が自分で培養したか、近隣で手に入れた菌をどうにかして教祖の口に入れたということね」

「今、安井という男がアルバイトをしていたと聞いた。食中毒事件があった場所に出入りしてれば菌を手に入れることが可能だ。なにをどうやったかは、まだ謎だが、まずはその裏取りだ」

大黒の打診はすぐに回答がきた。近くの老人保健施設でＯ１５７による食中毒が最近あったという。三人は所轄の警官が運転する車で当該の施設に向かった。

車中で大黒は名簿から判明した安井の住所と携帯端末で撮影した写真を機動捜査隊の大河原に送信した。菌を培養した痕跡の確認と安井の確保に向けて。

「警視庁の大黒といいます。総務の方に取り次いでもらえますか。先ほど連絡してありますので」

ほどなく到着した老人保健施設は中規模の病院だった。そのロビーで大黒は受付の人間に用件を告げた。

いわゆる老健は本来、病院なのだが、現実には家庭で面倒を見切れなくなった高齢者が短期入院する。老人ホームへの入居を待機する役割を担っているからだ。従って入所者のほとんどがお年寄りだ。

「警察の方？ 先日あった食中毒の一件でいらしたそうですが、警察が調べる必要が、なにかあるんですか」

ロビーで待っていると受付奥の事務室から中年の男が現れた。度の強い眼鏡《めがね》にでっぷりと肥えている。大黒は殿様蛙《とのさまがえる》を連想した。

男は長椅子を三人に示すと自身も小椅子に腰かけた。ラックに雑誌が並んでいる。

「食中毒に関しては、いい迷惑ですよ。初めてのことだったので大慌てをさせられた。

うちは入院患者さんの食事はすべて給食サービスに任せています。それであっちの不手際だとはっきり分かって片が付いたはずですが」

「いえ、別件でその業者について調べたいんです。連絡先を教えてください」

「別件？」

「ええ、ある事件に関して捜査中でして」

「そういうことですか。うちとは別？　なら、いいですよ。ちょっと待ってください」

男は警察官がくると聞いて事件を蒸し返されると感じていたらしい。しかし話の矛先が違う様子から態度を変え、奥の事務室へ消えた。

「お嬢ちゃん、お茶を飲むかい」

背後で声がして大黒は振り返った。一人の老女がティーカップを手にして立っていた。視線が長椅子のアメリに向けられている。

「おいしい紅茶だよ。どうだい？」

入院している患者らしい。世話好きなのだろう。アメリは首を振った。

「ありがとう、お婆《ばあ》ちゃん。でも今は喉が渇いていないわ」

アメリの返答に老女は残念そうな顔をした。そこへ看護師らしい女性が現れ、老女を自室へ戻すためか、手を引いていった。おそらく今のように訪問客にあれこれふるまって、おしゃべりするのが常なのだろう。

「これが業者の名前と電話番号です」

入れ替わるように総務の男が戻ってきた。手にメモを持っている。

「数之、悪いが業者の裏取りを頼む。俺は聞き込みをするから」

捜査権がある警察官は二人だけだ。アメリに任せるわけにはいかない。大黒は給食センターの聞き込みを数之に回して自身は病院そのものにかかることにした。

「食中毒を起こした原因食はなんだったんですか」

「鰻のゼリー寄せでした。業者のシェフが素っ頓狂な奴でね。なにかというと料理事典から引っ張り出したようなメニュウを作るんですよ」

大黒はアメリに視線をやった。

「イギリスの伝統料理。要するに日本の煮こごりみたいなものよ」

断食室のまどろみで脳裏に浮かんだ正体はこれだろうか。あそこにこの料理を連想させるなにかがあったのか。

「ヌルヌルしてるやつか」

「どちらかといえばプルプルしてる」

まどろみで見たものとは少し違うようだ。

「もう少し聞かせてください。この病院に入院している患者さんに安井という名前の男性がいますか、あるいはいましたか。安井という名の男がゼリーの出た日に見舞いにきたかどうか分かりますか」

安井がここで原因菌を手に入れたなら、本人が短期入院していたか、患者の家族か、見舞客になるはずだ。

「分かりますよ。入院患者は把握してますし、患者の家族以外が見舞いにきた場合は訪問ノートに氏名を記入してもらいますから」

男は受付にいって大黒の話を伝えると戻ってきた。

「今、事務方に調べさせています。他になにか？」

「ここに勤務している医師、看護師、パートタイムやアルバイトに安井さんは？」

「いませんね。掃除のおばちゃんやガードマンの人も含めて安井は」

そこへ外で電話していた数之が戻ってきた。

「ノーだ。給食業者の従業員もアルバイトにも安井って名の奴はいない」

給食サービスは空振りだった。となると安井が菌を手に入れたのは、やはり自前か、この病院でとしか考えられない。

大黒が思案していると受付から声があり、総務の男はカウンターに向かう。うなずくとノートを一冊、受け取っている。

「入院患者に安井って姓の人物はいませんでした。あとゼリーが出た日の外来客は、このノートに記入してあるんですが」

男はノートを開くと日付を改め、ページを大黒に提示した。氏名と訪問時間が表組みになった記入欄に並んでいる。そこにも安井という名はなかった。

偽名を使った可能性もある。しかしその場合は問題点が残される。大黒はノートを男に返しながら考えた。まったく厄介だ。

「アメリ、食中毒は事前に予測できるか」

「食中毒になると分かってたら、そもそも事件になんないわよ。誰もその食べ物を口にしないんだから」

確かにそうなのだ。食中毒は即座に起こらない。偽名を使って菌を手に入れるには事前に起こると把握できている必要がある。いつどこで起こるか分からない食中毒と出会うために行き当たりばったりに行動しても菌が入手できる可能性は薄いはずだ。

やはり自分で培養したのだろうか。考えあぐねていると大黒の端末が鳴った。

「大黒か。大河原だ。安井のアパートに着いたが、もぬけの殻だ。培養した痕跡もない。管理人の話じゃ、三日前に荷物をまとめて出ていったらしい」

菌の自作の線も消えた。現時点で唯一考えられるのは、ここで安井が食中毒の原因となったゼリーを手に入れ、それを教祖に使ったケースだけとなる。だが安井の痕跡はゼロなのだ。

「ゼリーが出た日、電気設備の工事があったとか、ボランティアの慰問があったとか、なにかいつもと変わったことはなかったですか」

　大黒は食い下がった。男は首を振った。

「ないですね。ここのところ変わったことといえば食中毒だけです」

　ぶぶぶ。大黒の脳裏で熱風を噴き出すような音がした。まずいな。厄介が続いたことに頭が怒ってるぞ。

「おい、大黒、大丈夫か？　目が血走ってるぞ。まさか、いつもの暴走癖が出たんじゃないだろうな」

　数之がなだめるように尋ねてきた。大黒も自身の状態を自覚していたが遅かった。

「セ、セールスマンは？　ここの雑誌を読むためだけにロビーにきた人物は？　ゼリーを盗んでいった泥棒は？　こいつが安井なんです。見覚えはありませんか」

　大黒は次第に声を強めながら携帯端末で写真を示した。アメリと数之が立ち上がった。大黒のヒートアップに逃げを打ったのだ。ロビーの端へと後ずさっていく。

「ありませんねえ。私は総務ですから勤務中は、ほとんど事務室にいます。ロビーに誰がきたか見張っているわけじゃないんでね」

　男はそう前置きすると続けた。

「それにここは病院です。ある意味で公共施設なんです。だからロビーに関しては人の出入りは自由といっていい。病室までいったなら憶《おぼ》えている人間がいるかもしれませんが、ロビーにいただけの人間まで把握できませんよ」

「あなたの名前をまだ聞いていませんでした」

「眼科にいきますか。よく見てください。安井じゃないでしょうが」

男は胸のネームプレートを示しながら答えた。大黒の質問はやけくそだった。給食サービスの業者にも、ここの病院にも容疑者である安井の痕跡はない。推理はまったくの間違いだったことになるではないか。

このままでは爆発しそうだ。そうなるとなにをしでかすか分からない。落ち着け、落ち着くんだ。

「他にお訊きになりたいことは？　なければ仕事に戻りたいんですが」

拳を握る大黒に男は告げた。そこへ二人が戻ってきた。アメリは清涼飲料の缶を握っている。紫色で真ん中に英文のロゴがあった。爆発寸前の大黒の目がそこにとまった。

「ドクター・ジンジャー？」

「そうよ。そこの自販機で売ってた。さっき、話に出たでしょ？　試してみようかなと思ってさ」

「当たってましたか？」

総務の男がうって変わって目尻を下げながらアメリに尋ねた。

「当たる？　なんのこと？」

「ほら、缶にシールが貼ってあるでしょ。そいつはクジでね。裏側に当たりが出るとTシャツがもらえるんですよ」

アメリが男の言葉にシールを剝がしている。そして二人してその裏側を覗き込んだ。

「ハズレだわ」

「残念ですね。なかなか当たらないんですよ」

脳裏に光が走った。大黒は携帯端末を取り出した。

「田中さん？　大黒です。聞きたいんですが、教祖が着ていたドクター・ジンジャーのTシャツ。あれはどうしたのですか？」

「安井からもらったそうです。教祖がそういってました」

大黒は電話を切った。改めて総務の男に尋ねた。

「このロビーの自販機なんですが、最近、設置したんですか」

「いえ、かなりたちますよ」

男の答に大黒は質問を重ねた。

「商品の補充はいつ？」

「月に一度、業者がきてますね。ああ、そうだ。ゼリーが出た日が詰め替え日でした」

脳裏でパズルのピースがぱちりと音を立てた。熱風が消える。爆発は回避された。

聞き込みの質問が間違っていた。特に変わったことではなかったのだ。むしろ、毎月ある普通の出来事だった。

そして自販機の商品を詰め替える人間まで病院側は把握していないだろう。特にそれがアルバイトだったなら。

「船長さんよ、暴走は回避できたみたいだな。よかったよ。いつかみたいに血まみれの人間が出なくて」

数之が心底、安堵《あんど》したように告げた。


安井と病院はつながったはずだ。原因食の日、安井は病院に商品の補充にいった。そこでゼリーを手に入れた。配膳室でちょろまかしたのかどうか、入手経路は具体的には分からない。しかし聞き込みからそんな顚末が類推できた。その裏取りはこれからだ。

「安井？　ああ、いたよ。週に何回か、搬送作業のアルバイトにきてた」

病院の自販機を管理していたのは飲料メーカーの仲卸のような会社だった。大黒らはそこの営業担当と応接室で話し始めた。

営業の男は陽に焼けたがっしりとした体軀《たいく》で牛を思わせた。力仕事が主となる現場を管理しているのだろう。

「いたというと？」

「ちょっと前にやめたんだ。なんだか具合が悪そうだったね。青白い顔して。夏風邪でも引いたのか、だったらしっかり休めってことになったんだが、すぐに電話があってやめるっていってきた。東京でいろいろあったけど、青森の田舎に帰るってさ。婆ちゃんの顔が見たいっていってたな」

　今の話で納得がいった。安井は原因菌を入手したのではない。自身も食中毒にかかっていたのだ。大黒は携帯端末を取った。

「青森だ」

「なんだって？」

　電話の向こうで大河原が問い返した。

「奴は青森の実家にいる可能性が高い。住所を調べて青森県警に確保を依頼してくれ」

「面倒臭《くせ》えな、まったく」

　大河原は不満げに電話を切った。安井が容疑者であることは決定的だった。しかし分からないのは、教祖を食中毒にした方法だ。大黒は男に尋ねた。

「安井に薬学の知識があるかどうか、ご存じですか」

「そりゃないな。あいつ、体育大学だったから」

　科学的な手段でなかったら別の方法かもしれない。ぶぶぶ。再び大黒の頭で熱風のような音が始まった。

「手品が得意だといってませんでしたか」

「聞いてないな。毛むくじゃらのボルトみたいな指をしてたから手先は器用じゃないと思うぜ」

「なにか特別な能力があるような様子ではなかったですか。関節を自由に外せるとか、吹き矢が上手だったとか」

「どうだろうな。得意なことはしらないが、苦手なことならしってる」

「苦手なこと？」

頭の熱風が収まっていった。

「ああ、先月だったか、たまたまプールのタダ券が手に入ったんだよ。それでアルバイトの奴らに配ったんだが、あいつだけはいらないってさ。思うんだけど、いい体してるわりに、あいつ、カナヅチじゃねえのか」

不意にアメリが高笑いした。

「大黒。あんた、今の意味、分かる？」

答える前に横から数之が尋ねた。

「分かるってなにが？」

「数之。あんた、本当に鈍感だね。教団に帰って田中を裸にしてやろうよ。そうしたら、分かるからさ」

「田中をか？　安井を追うんじゃなく？」

数之の質問にアメリは舌をひとつ舐めた。

大黒ら三人は所轄の車で教団にとって返した。田中は四階の自室にいると警護の警官に聞き、三人は階段を駆け上った。

そこからはアメリの独壇場だった。違法捜査もいいところだったが、とめる暇がなかった。アメリの目は獲物を前にした猟犬のようにぎらついていた。眉を尖らせるとゆっくり赤い唇を舌で舐めた。

「田中、お前、服を脱げ」

部屋に入ったアメリがドスの利いた声で告げた。

「なんていいました？　服を脱ぐ？　女性の前で？」

戸惑う田中。その前に立ちはだかるアメリ。肩を斜《はす》に構えたアメリ、片手を高々と掲げると大見得を切る所作。どんどんと太鼓が鳴って、かーんと拍子木。ト書きにするとそんな調子で決め台詞《ぜりふ》が放たれた。

「四の五のいうんじゃねえな。野郎ども、やっちめえな」

まるで弁天小僧菊之助だ。こんなときのアメリはなにをいっても聞かない。

「さっさとかかれ。じゃないと今までのお前らの違法捜査を洗いざらい上申するぞ」

仕事に勇み足は付き物だ。だが警察の場合、それはことさらクローズアップされる。

そして昇進の検討材料にされるのだ。

大黒がどうするかと数之に視線をやったとき、数之は弾《はじ》かれたように田中の背後に回り、はがいじめにしていた。

「なにをするんですか」

田中の抵抗に数之の声が飛んだ。

「大黒、早くしろ。こいつ、意外と力持ちだ」

その言葉に大黒は前に回って田中のズボンを脱がした。

「ほうら、あった。へへへ。口ではいやだといっても、体は嘘をつかないね」

アメリは嬉しそうだった。表現としては、かなり間違っている。しかしそれはどうでもいい。田中の太腿にあったのは青い薔薇の刺青だった。アメリの目は血走っていた。

「愛し合う二人の印がこの薔薇だ。だけど、これはまだ新しい刺青だね」

自販機の仲卸から戻る車中、教団員がどうして藁人形について黙秘していたかをアメリは説明した。とても楽しそうだった。もてあそぶネズミを見つけた猫のように。

教団内の権力闘争ではない。教祖を巡る三角関係だ。安井がプールの誘いを断ったのは、おそらくこの田中のように太腿に薔薇の刺青を入れていたからだ。それがアメリの説明だった。

「ありていに白状しな。ネタはあがってるんだ。言い逃れはできないぜ」

時代劇のようなセリフがアメリの口から漏れた。そこは俺の担当なのにと大黒は歯がみしたが、もう遅い。

がっくり。擬音のように田中は腰を落とした。脳裏に桜吹雪か印籠がよぎっているのかもしれない。畳部屋に正座すると話し始めた。

「おっしゃるとおり、私と教祖は半年ほど前から愛し合う関係でした。以前のナンバー・ツーが持ち逃げしてすぐです」

「だけど教祖があの世にいったんだな」

ここも俺の見せ場なんだけどな。そう思った大黒だがアメリが話をリードする。

「はい。変だと思ったんです。私はしりませんでしたがやめた安井も教祖のお手つきでした。どちらが本当の愛人になるか。教祖の愛を独占できるかだったんです」

「そこへ教祖が餓死した。だからお前は、安井が断食の裏を掻《か》くなにかをしたと思ったんだな」

「断食で死ぬことは考えられません」

「やはりからくりがあるのか」

「刻々と痩せるのはビデオの操作です。痩せている教祖が肥るまでを撮影したテープがあるんですが、その順番を逆にモニターに映していました」

「なんと安易なの。痛い目を見るよ。みんな密室が好きなんだから。となると本当は断食していなかったのか？」

「いえ、していました。というより、させていました。あの人は十日ぐらいなら食べなくても平気なんです」

「させていたというのは？」

「実は教祖はすぐに肥る体質なんです。十日で何キロも。ですが最終日ぐらいは生身の教祖を生徒に見せないと信頼が得られません。そのためには痩せたままでいてもらう必要があったんです」

「中から鍵をかけさせたり、見守り役を立てたりしたのは？」

「万一、外部の人間が断食室まで食品を持ってきても中から施錠しておけば侵入できません。見守り役はそんな侵入者や教祖が盗み食いに出ないように見張るためでした」

「だから頑丈な扉なのか。だが見守り役が協力したらどうするんだ？」

「それはまず考えられません。教祖が痩せたままでないと教団は潰れます。そうなると無料でここに暮らしている我々は行き場を失ってしまいます」

「教祖がよく承諾したな」

「とても儲かるからです。それに断食後はご褒美の鰻が待っています」

田中の言葉にアメリが視線を送ってきた。ぎらついていた様子が落ち着いている。おいしいところはいただいた。満足したから、むずかしいところはまかせるという意味だ。

「安井さんが教団をやめたのは最近ですね。教祖が断食中はまだここにいたのですか」

「ええ、やめる前日、夜番をしていました」

田中の答に大黒は告げた。

「断食室は密室ですよね。接触できるのは小さな窓だけ。あの窓は人が立つとちょうど顔に位置するぐらいだった。仮にあなたと教祖が愛を交わすとすると、どんな行為になりますか」

「決まってるじゃないか」

アメリが告げた。

「愛する二人が閉ざされたドア越しにするなら愛の確認。キスだよ。接吻《せっぷん》、口づけ、べーゼ、口吸い」

「アメリ、分かった。そこまででいい」

数之がうんざりした口調で述べた。大黒は事件の真相を理解した。断食中のまどろみで見たのはこのことだったのだ。

まどろみの中、なにかが浮かんでは消えた。あのヌラヌラした印象は接吻からきていたのだ。ここは男だけの教団だ。そして教祖は薔薇を愛し、愛読書がロマンス小説。そんな情報が渾然《こんぜん》一体となり淫靡《いんび》な連想として頭に浮かんだのだろう。

さて、やっと俺の見せ場だ。今、ここはいわば関係者が一堂に会した暖炉。その前で事件の真相を説明する名探偵。この先は誰にも譲らない。強く心に決めて大黒はその場にいる人間に宣言するように軽く咳払いをした。

「さっさとしろよ」

アメリが横やりを入れた。話の出鼻をくじかれたが、大黒は気を取り直した。大団円にも多少の瑕疵《かし》はあるものだ。マントルピースはないが、この瞬間は俺だけのものだ。

「事件の犯人は安井。教祖の愛の裏切りに恨みを抱いた安井はアルバイト先で食中毒になった。そこでそれを利用して報復してやろうと考えた」

「そうだよ。O《オー》157は人から人へもうつる。だけどキス、つまり安井の唾液が教祖の唾液とまじったら、外部からのものではなくなる。すると胃袋をはじめとする消化器官には手がかりとしては残らない」

田中の顔が怒りで歪んだ。捜査陣を睨んでいる。

「教祖が安井とキスをした？　私を愛しているといったのに？」

「別れのキスだったんじゃないの。あるいは別の意味があったかも」

「教祖は安井も囲おうと思っていたとでもいうのですか。それはあんまりだ」

「愛とは厳しいものなのよ」

分かったようなセリフをアメリが告げた。また話をアメリに持っていかれた。苦い思いになった大黒の携帯が鳴った。見ると番号は機動捜査隊の大河原だった。

「今、青森の県警から連絡があった。安井は地元に帰って近くで首を吊っていた」

「死んだ？」

「自殺だろう。リンゴの木の下に遺書があって、真相を綴《つづ》っていたそうだ。出だしはこうだ。教祖、本当に愛していました。だけどあなたの愛は私ひとりだけのものでないと許せない」

続く話を大黒は聞いた。安井は自身が食中毒にかかったと理解した段階で教祖との心中を考えたらしい。しかし相手は断食中で密室の中だ。方法は限られている。

そこで食中毒菌を口移しにして餓死を装うことを考えたのだ。なぜ、餓死を装ったのかは、教祖に対する、もっとも強烈なしっぺ返しになるからだろう。

断食の失敗は教団の存亡に関わる。自身の死を決意しての行為だ。死なばもろともと考えたに違いない。

女――この場合は正確には女と相当する男だが――は恐い。大黒は肌で理解した。

その場であらゆる連絡を終えると現場を所轄にまかせて特別班は近隣の鰻屋に場所を移した。以降は書類の処理ですむ。

「大黒、安井って奴はお婆ちゃん子だったんだって？」

アメリが尋ねた。

「ああ、病院に老女がいただろ。安井は彼女に会ってゼリーを手に入れたんだ。お婆ちやん子なら、あんな風にすすめられれば、つい原因食を口にするだろう」

大黒はそこまで述べて、ふとアメリの胸元に視線を移した。

「アメリ、そのTシャツは？」

「これ？　さっき仲卸でもらってきたんだ。あの営業の男の前で二、三度足を組み直したら、いちころ」

アメリが無造作に白衣の前を広げた。胸元のドクター・ジンジャーのロゴがアメリの大きな乳房のせいで歪んでいた。

「大きいオッパイだね」

誰かの声がした。見ると森田がいつの間にか店の隅で鰻重をつついている。

「それもあれかい？　牛乳？」

「あんた、その歳《とし》でわたしの体に興味があるっていうの？」

森田がにやついた。

「ない奴はいないと思うね。どんなに歳を取っても」

数之が鰻に箸を運びながらつぶやいた。

「教祖の前田は心残りだったろうな。好物の鰻が食えなかったんだから。もしかして地縛霊として断食室に憑《つ》いていたりして。バチカンに電話してみるかな」

なんだろうか。数之の言葉で大黒の頭にヌラヌラした印象が蘇《よみがえ》っていた。まさか。

そんな非科学的な。大黒はよく確かめようとした。しかしその前に相手は霧散してしまっていた。

第二話　ギター心中

森田儀助《ぎすけ》、七十歳。東京の武蔵野《むさしの》と呼ばれる郊外で一人暮らし。未《いま》だもって妻帯したことがない独身。仕事は農業を営んでいる。

といっても畑仕事は片手間で、代々の地主だった先祖から受け継いだ広い土地を少しずつ切り売りして暮らす悠々自適の生活だ。

この一帯は都心からかなり離れているだけに住宅ラッシュというほどではないが、それでも駅に近い順に、ぽつりぽつりと一戸建てが建ち並び始めている。森田が切り売りした地所だ。

「ちょっと酔ったかね」

午後十一時近く。駅から二十分ほど暗い夜道を歩いて帰ってきた森田は家の前でつぶやいた。ドングリに手足が生えたようなちんまりした体付きだ。それだけに自宅の敷地が一層広く感じられる。

森田は今では珍しい茅葺《かやぶ》きの一軒家に入ると、明かりを点《つ》けて台所で水を一杯、飲んだ。今夜は都心にある親戚の家に法事で呼ばれ、散会まで付き合ったために帰宅がこの時間になったのだ。

「こんなときはビールで飲み直すのがいいね」

一人暮らしが長いせいか、いちいち独り言が出る。森田は冷蔵庫から缶ビールとスルメを出すと居間にいき、あぐらをかいた。

「さてさて、どんな調子だい？」

テレビのリモコンを操作すると森田は録画しておいたナイターを再生した。東京セネタースのホームゲームだ。対するは関西の球団。

森田の夜の趣味だった。日頃はホラービデオの自主制作に没頭しているが、野球にも目がないのだ。

森田のセネタースファンは親譲りのもので、子供の頃から父親と応援してきた。セネタース専用チャンネルを契約したくらいだった。

試合は双方の先発ピッチャーが頑張り、投手戦となってテンポよく進んでいく。スコアボードにゼロが並び、とうとう八回裏、セネタースの四番がソロホームランを打って一点をリードした。

「よしよし、今日こそは勝ってもらわんとな」

安堵《あんど》した森田だったが九回表、力投を続けてきたセネタースの先発投手がスタミナ切れか、コントロールが乱れ始め、ツーアウト満塁となったところで監督がピッチャー交代を告げた。

「土浦《つちうら》かねえ」

森田はビールをあおると懐疑的につぶやいた。このまま抑えればセネタースの勝ちだ。だが森田は安心していなかった。ピッチャー交代の間に壁へ視線をやると掛け時計はすでに一時を過ぎている。

「どうなんだろうね、土浦はこのところ、いざというとき、一発打たれるからさ。抑えを続け過ぎて疲れが出てるのかね」

マウンドに登った土浦が投球練習を終えてキャッチャーとサインを交換する。試合が再開した。第一球、外角高めのスライダー。

バッターがそれをファールする。次いで内角いっぱいのストレート。あっという間にツーストライクと追い込んだ。

「ここまではいいんだよ。おそらく次は外角の低めの変化球さ。いつもこれで三振を取るんだけど」

画面の土浦がキャッチャーのサインにうなずくと投球動作に入った。腕を上げ、振りかぶって投げた。

ぷつん。音を立てたのはミットではなく、テレビだった。画面が消えた。同時に森田の居間も真っ暗になる。

「なんだい、いいところなのに。またブレーカーでも落ちたかね。テレビしか点けてないのにな」

森田の家は洗濯機にテレビ、トースターなどの電化製品を一度に使うと、ときおりこんなことがある。

居間にあった懐中電灯を手に森田は台所にいってブレーカーを確かめた。見るとオンの状態のままだ。

「ふううん、そうかい」

つぶやいて森田は懐中電灯を持ったまま、玄関から外へ出た。広い庭先に立つとあちこちに電灯の光をやる。

自宅から離れた方に家が数軒。それがいずれも無灯となっている。辺りは真っ暗だ。次いで森田は庭を回って裏手に出た。

敷地の裏手には、ぽつりと一軒の離れがあった。かつて納屋だったのを改築して人に貸しているのだ。その離れの明かりも消えていた。

「なにしてんだい、東京電力は」

森田はぼやきながら玄関へ戻った。懐中電灯を頼りに冷蔵庫から缶ビールをもう一本取り出すと、居間で空にした。だがどれだけ待っても暗いままだ。

「なんだよ、まったく。土浦は抑えたのかね」

試合の結果が気になるものの、いつになると明るくなるのか分からない。仕方なく、森田はそのまま寝ることにした。

寝室に向かい、寝間着に着替えてベッドに潜り込む。どこかで車の音がした。それが事件の始まりだった。


「死んでるだろ」

スポーツ新聞を片手に機動捜査隊の大河原努が気のない様子でつぶやいた。周りでは捜査員や鑑識、所轄の警官らが忙しく立ち働いていた。

「ああ、瞳孔の反応もなけりゃ、脈拍も呼吸もない。確かに生きちゃいないね」

部屋で大の字になっている男の前にかがみ込んでいた栗栖アメリが答えた。白衣の前が割れて白い腿《もも》がかなり露出している。

いつものようにタイトのミニスカートなのだろう。大河原は新聞を読む振りをしながら、そちらに視線を走らせている。

「あんたさ、現場にくるときぐらい髭《ひげ》を剃《そ》りなよ。まるで土から抜いたばかりのゴボウじゃないの」

長身の大河原の顔は黒い。髭がぼうぼうと生えている様子は確かに抜いたばかりのゴボウを思わせた。皮肉を聞き流して大河原がつぶやいた。

「前田五郎」

「え？　今、なんていったの？」

「そいつの名前だ」

「こいつ、前田五郎なの？　前回と同じく？」

「ああ、同姓同名だが見てのとおり。以前の被害者とは別人だ」

「だろうな。二度も死ねるほど器用な奴《やつ》には見えないもんな」

つぶやいたのは鑑識課員の数之十一だ。一方、死体を改めていたアメリは大学病院に勤める医師で監察医だった。

厄介なことにならなければいいけどな。捜査一課の刑事、大黒福助は苦々しく二人を眺めた。数之とアメリ、大黒は特別捜査班としてチームを組んでいる。

だが三人が事件に乗り出すたびに大黒は厄介な捜査状況に巻き込まれるのだ。というのも三人は警視庁でも変死体を専門に扱う捜査班だったからだ。

「それで俺達を呼んだのは、こいつが器用じゃないからか」

大黒は目の前の死体に視線を移すと大河原に尋ねた。

「どうなんだろうな。あの世にいっちまったから腕前は分からない。だから、あんたらサーカスにきてもらった」

サーカスというのは大黒らのチームのあだ名だ。通常の捜査ではない案件。アクロバティックな調べが必要な事件。困った死体を専門に扱うために三人の班はそんな風に呼ばれている。

「どう見ても普通の死に方じゃないだろ」

「腕前ってのはこのことか？」

大黒は死体に視線をやった。大河原がいわんとしているのはギターのことだった。目の前で大の字になって死亡している男はエレキギターを抱えていた。

ギターにはシールドが差し込まれ、それがアンプと接続されている。右手は弦に当てられていた。状況から男はギターを演奏中に死んだように見えた。

「部屋にメンバーの写真入りのチラシがあった。バンド名がバードバーズだとさ。こいつはそこのギタリストだったらしい」

二十代後半から三十代前半だろう。髪を長く伸ばし、十本の指に全部、指輪。銀のチェーンを首にしている。

やや太めの体型で色白の様子はいかにもミュージシャンでございといった風情だ。衣服はジャージの上下。部屋着らしかった。

「一応、プロみたいだ。チラシに発表したアルバムがいくつか並んでいる。聞いたことのないレーベルばかりだがな」

「インディーズってやつだろう」

大黒が答えた。

「そうか。俺はそっちの方面に疎いから分からんが、ハードロックってのか、そんなジャンルのミュージシャンらしい」

「どう考えても事故よ。わざわざ呼び出さなくてもそっちで処理したら？　いちいち面倒くさいわね」

アメリは愚痴りながらゴム手袋をした手で前田五郎を調べた。

「感電死ね。左右の指先に電流斑がある。電気による火傷《やけど》跡のことなんだけど、ネックを握っていた指と弦に当てていた指、左腕から右腕に電気が流れた証拠ね」

「これ、見ろよ」

数之はアメリの説明を聞きながら死体の横手にあるアンプを改めていた。

「ここになにかをこぼした痕跡があるぜ。アンプの上部だ。どうも飲み物らしいな」

アンプのかたわらに転がっていたガラスのコップを数之が指さした。

「ああ、そいつはさっき鑑識が改めた。ウィスキーだとさ。奥を見てくれ」

大河原が三人を先導した。男が死んでいた部屋の奥はキッチンになっていた。そこに空になったバーボンのボトルがごろごろ転がっている。

「かなり飲むみたいね。というか、ほとんどアル中じゃない」

キッチンを覗《のぞ》いたアメリが告げた。住居は1Kの造りだ。キッチンの横に風呂とトイレらしきドアがあるだけで部屋は一間。独立した平屋だが文化アパートといってよいような安手の造りだった。

「聞いたことがあるぜ。確か雨の日の野外コンサートなんかだと機材が濡《ぬ》れてミュージシャンが感電死することがあるんだろ？」

数之が現場の状況から感想を口にする。大黒も同感だった。前田五郎の死亡は感電死と思えた。酒を飲みながらギターを弾いていてコップの中身をアンプにこぼしたために雨の日と同様の状況になったのだろう。

「なのかね。別の線はないか？」

大河原はキッチンの椅子に腰かけてスポーツ新聞を広げると三人に告げた。

「いずれにせよ、もう少し調べてくれないか。この案件は機動捜査隊の俺達よりもお前達に向いている。事件が片づいたとしても、きっちりとした書類に仕上げる必要があるからな。それに俺は次の仕事が待ってるんだ」

大河原が開いていたのは週末の競馬予想欄のページだった。明らかにこの仕事を煙たがっている。厄介な事件は他人に回して、さっさと引き揚げる魂胆なのだ。

やる気がないのもいいところだ。だが変死体であることは確かだ。〝お前達の案件〟といわれれば調べないわけにはいかない。大黒は溜息《ためいき》をつくと大河原に尋ねた。

「ここの保存は？」

「鑑識が遺体発見時のまま、丸ごときれいに維持してる」

「前田が死んだ時のままの状態なんだな？」

大河原が顎だけでうなずいた。大黒はアメリ、数之を連れて死体の元に戻った。

「アメリ、こいつの死亡推定時刻は？」

アメリが再び死体にかがみ込んだ。長く細い腿がまた白衣から露出した。

「そうね、死後硬直や死斑の様子から深夜二時から四時ってところね。詳しくは解剖してみないと分からないけど」

「この状況で感電死は不自然か」

「いいえ。感電死って凄《すご》いことのように思われてるけど、四十ボルトほどの弱い電気でも死に至る場合があるわ。こいつ、ついてなかったのね」

「俺、電気で死ぬのだけは勘弁だな。静電気でもビリビリッてくるとドキンとするもんな。あっと驚いた途端にあの世だったなんて間が抜けすぎてるぜ」

アメリの見解も数之の感想も感電死に傾いていた。アンプからの電気の逆流。大黒もその死因で決まりだと踏んだ。そこへアメリが漏らした。

「あのさ、大黒。あんた、ギター弾ける？」

大黒は溜息をついた。まただ。アメリはいつも一言多い。こんな発言がいつも捜査を厄介な展開に持っていくのだ。

アメリは決まりかけた事件の結末を蒸し返すように大黒を見ている。ぼんやりとだがもくろみが予測できた。

「いや、楽器はまるで駄目だ」

「あ、そう。チビフグ、あんたは？」

「俺か？　楽器ならまかせとけ。トライアングルとカスタネットなら俺の右に出る奴はいないだろうな」

「いいわよ、弾けなくても。大黒かチビフグ、どっちでもいいわ。そのギターを握って弦を指で弾《はじ》いてごらんよ。触るだけでいいからさ」

「よせよ。ここは遺体発見時のままだ。なにが起こるか分かるだろう？」

数之が弾かれたように答えた。

「ふふふ、そうよ。それを念のために確かめておくんじゃない」

大黒は予測していたアメリの言葉に問い返した。

「なんで俺達二人なんだ。お前は高みの見物か？」

「二人のどちらかになにかあったら心肺蘇生《そせい》措置が必要でしょ。だからわたしは待機させてもらうわよ」

大黒は苦い顔で横を見た。数之が背を向けて逃げ出そうとしている。

「待ちな。チビフグ、逃げられないよ。二人でジャンケンしな」

「アメリ、勘弁してくれよ、ビリビリだけは。痛いとか重いとか寒いとか、他のつらいことなら実験台になってもいい。だが電気だけは勘弁してくれ」

「まったく意気地がないのね」

アメリはつまらなさそうに告げると部屋の中を見回した。死体から少し離れたところで所轄の若い捜査員が作業をしていた。

「ちょっと、あんた。こっちへきて」

アメリに呼ばれて捜査員は作業の手を止めて三人の近くに寄ってきた。

「あんたさ、ギター弾ける？」

「ギターですか？　コードくらいなら」

「あっ、そう。なら好都合だわ。あんた、このギターを弾いてみてよ。うまくすれば二階級特進ってこともありうるわよ」

「正確には悪くすればなんだけどな」

数之は絶好のカモがつかまったことで胸をなで下ろすようにつぶやいた。その言葉に怪訝《けげん》な様子で捜査員がギターのネックを握った。

次いで右手で弦を弾きおろした。じゃらんとアンプから和音が鳴った。それ以外、なにも起こらなかった。ギターは正常に鳴った。

「これでいいですか？」

捜査員が尋ねてくる。大黒、アメリ、数之は黙ってうなずいた。ギターはシールドを通じてアンプ。アンプはコードでコンセントにつながっている。

「話がややこしくなってきたみたいだな」

作業に戻った捜査員を見つめながら数之がつぶやいた。

「感電はしなかったみたいだぜ」

「そうね。乾いちゃって正常に作動したのかしら。だったら水をかけてみる？」

アメリがつぶやくとキッチンへ向かおうとした。

「おっと、そいつは駄目だ。現場保存は絶対だ。なにがどうなったかは後でじっくり調べればいい」

数之があわてて制した。

「なによ。つまんないわね。誰かがビリビリしないと話が終わらないでしょう？」

「アメリ、お前、もう一人、仏さんを作りたいのか？　とにかくこのギターとアンプで感電死した線は薄くなったんじゃないか」

数之はそう告げると大黒を見やった。数之の言う通りだった。現場は死亡当時のまま保存されている。

今の捜査員が感電しなかったということは、このギターとアンプに異常がなかったともいえるのだ。となると前田はどうなって死んだのか。

「どうする？　空中ブランコの始まりみたいだが」

数之が尋ねてきた。大黒は苦い思いになった。簡単にすむはずの調べがアメリの一言でややこしい展開に進み始めた。

「アメリ、感電死なのは確かか？」

「おそらく。だって左右の指にちゃんと電流斑があるからね。死体を持って帰って解剖すれば正確に判断できるけど間違いないでしょうね」

こうなってくるとギターとアンプの点検、死体の解剖は必要だろう。大黒はその手はずを心に決めながらキッチンに向かった。

「大河原、遺体の第一発見者は？」

「へへえ。話がそっちに進み始めたみたいだな。ありがたい」

キッチンのテーブルでスポーツ新聞に赤鉛筆を入れながら大河原が答えた。

「発見者は二人いる。ややこしい方からにするか。ややこしくない方からか」

しばらく考えて大黒は答えた。

「まず、ややこしくない方」

「表に待たせてある。プロパンガス屋だ。ついてこい」

新聞から顔を上げると大河原が椅子から立った。大黒らが続いて外へ出ると言葉通りにプロパンガス会社の制服を着た男が所轄の警官とともに規制線の外で待機していた。大河原が顎でその男を示した。

「あなたが第一発見者ですか」

うなずいた男に大黒は質問を重ねた。

「発見時の状況をお聞かせください」

「前田さん、亡くなってるんですよね。困っちゃうな。まだ配達があるのに」

確かに困った死体だ。大黒らだけでなく、プロパンガス屋とその利用者にも負担をかけている。もっと簡単に死んでいてくれればみんなハッピーなのに。この近くで朝食の支度や朝風呂に困っている人間は、みんな前田のせいなのだ。

「それで?」

「昨日の夕方、前田さんからプロパンガスが切れたから交換にきてくれと電話がありました。それで朝一番でうかがうと答えると、明日は一日家にいるからとの返答でした」

「きたのは何時頃ですか」

「今から一時間ほど前、八時ぐらいですね」

「そのとき、ここに誰かいましたか」

「いえ、誰も」

アメリによると前田の死亡推定時刻は深夜の二時から四時だ。男の言葉が正しければ不審な人物がいたとしても姿を消していておかしくない。男は続けた。

「お馴染《なじ》みさんなんで、どこにガスを設置してるかはしってました。だから先に交換作業を終えて受け取りにサインしてもらうために何度もチャイムを鳴らしました」

「だけど前田は出てこなかったんだな。天国に出かけてたから」

数之が男の言葉を混ぜ返した。

「いるはずなのに変だなと思って。それで家の周りをぐるりと巡って窓のカーテンの隙間から覗いたら前田さんが倒れていたんです」

「それでどうしました？」

大黒は確認した。

「窓を叩《たた》いても反応がないし、こりゃ、まずいなと思って。玄関に戻ったけどドアには鍵がかかってる。それで家主の方に連絡して大急ぎでドアを開けてもらったんです」

大河原が述べた二人目の発見者というのは前田の部屋の家主らしい。

今の話が本当だとすると前田は一人で鍵のかかった室内で死亡していたことになる。確かに着ていたのは部屋着だ。やはり死因はアメリが述べたように、さっきのギターとアンプによる感電のせいだろうか。

「数之、鍵を調べてくれ」

大黒が前田の部屋のドアを指さした。数之が規制線をくぐると玄関の前にしゃがみこんだ。じっくりとドアノブに視線を注いでいる。

続いて背を返すと玄関口に視線を落とした。ドアの前は雨に濡れても泥まみれにならないようにか、玉砂利が丁寧に敷かれている。数之が戻ってきた。

「鍵は正常だ。ピッキングしたり、なにかで壊した痕跡はない。ガス屋の言葉は正しい」

「誰かが侵入したとしたら鍵を使用したことになるわけか」

「幽霊なら別だがな。ただビリビリが平気な幽霊に限る」

「下足痕や指紋はどうだ」

「期待できないな。ドアの前は玉砂利だ。足跡は残らない。残っていたとしても不鮮明だ。意図的な侵入なら指紋にも細心の注意を払っただろう」

「だからアンプに水をかけてみたらいいじゃない。ビリビリくるかどうか。さっきの捜査員も殉職して特進」

アメリはまだアンプの実験にこだわっている。つまり事故死の線だ。言葉を無視して大黒はかたわらの大河原に視線をやった。

「それじゃ、ややこしい方に話を聞くか?」

意図を理解して大河原がスポーツ新聞で腿を叩くと歩き始めた。

前田が暮らしていたのは離れのような一軒だ。そこから少し先に今どき珍しい茅葺きの立派な家があった。同じ敷地だけに大家らしいとすぐに想像がつく。豪農の住まいを思わせるそこへ大河原が足を運ぶと玄関から声をかけた。

「警察だ。ちょっと邪魔するぜ」

「あいよ」

軽い返事とともに玄関口に小柄な男が顔を出した。眠そうに目をこすると一同を見回している。アメリが思わず漏らした。

「あ。あんた確か、インチキ教団の時に会った――」

「ああ、わしだ。森田だよ。お姐《ねえ》ちゃん、また会ったね」

大黒は小さく溜息をついた。厄介な話に輪をかける人間の登場だ。困った死体の前田。話をややこしくする捜査班のメンバー。やる気のない大河原まで揃《そろ》って十分な上に、なぜか、また第一発見者が森田なのだ。

「森田の爺《じい》さん。前田五郎を発見した状況を聞きにきたぜ」

大河原が森田に切り出した。

「まったく、なんだろうね。わしゃ、そういった巡り合わせらしくてさ。なにかっていうと死体と出くわすんだよ」

森田が面倒臭そうにつぶやく。数之が口を開いた。

「ここはなんだ？」

「なんだって、わしの家だよ。五郎ちゃんが死んでたのはうちの離れ。四年前から貸していたんだ」

そう述べた森田が視線を大河原の手元にやった。

「あんた、スポーツ新聞を持ってるね。昨日のセネタース、勝ったかね、負けたかね」

森田の唐突な質問に大河原は虚をつかれた様子だったが、いわれて一面を改めた。

「負けてるよ。九回表に満塁ホームランを打たれた」

「土浦、駄目だったか。どうもあいつはこのところ、一発病が出るね」

小さなあくびを漏らすと森田は残念そうな顔をする。大黒は自身が聞き込み役に回ることにした。

「森田さんはガス屋と一緒に鍵を開けて部屋に入ったんですよね。そのとき、前田さん以外に誰もいなかったと聞いていますが」

「ああ、鍵はかかってた。ガス屋が大変だってゆうから、マスターキーでドアを開けた。部屋には誰もいなかったよ。五郎ちゃんが大の字になってるから、もしかしてと思ったんだ。なにしろ、わしゃ、そっちの方は場数を踏んでるんでね」

「それで死亡していたんですね」

「ああ、まだ生き返ってないだろ？　なら確かだね。通報も無駄じゃなかったわけだ」

前田の死亡推定時刻は深夜二時から四時。だが前日の夕方にガス屋と電話で話している。それ以降の状況はどうだったのだろうか。

「昨日のことなんですが、森田さんはずっと家にいましたか」

「いや、都心に出かけてた。親戚筋に法事で呼ばれてね。帰ってきたのは確か夜の十一時近かったな」

「出かける前や帰ってきたとき、離れに誰かきていましたか。前田さんは生きていたかどうか、分かりますか」

「どうだろうね。生きてるかいって五郎ちゃんに尋ねにいったわけじゃないから、分からないね」

「前田さんは普段、夜はどんな様子だったんですか」

「よくギターを弾いていたよ。といってもボリュームは小さめにだ。それにでたらめな感じだったな。夜はいつもべろんべろんだったからさ。それですぐに寝ちまうんだ。わしなんかよりも早くさ」

「昨夜はギターを弾いていましたか」

「どうだろう。わしゃ、別のことが気になってたから、帰るとすぐ家に入ったんだ」

「ははあ、あんた。もしかして床下に小判でも隠してるんじゃないのか」

数之が入れた茶々に森田はむっとした顔になった。冗談のつもりがあながち遠くはないような反応だった。

「とにかくわしが帰ってきたときは特におかしな様子じゃなかった。少し酔ってたけどなんか変なら気が付く。こっちは場数を踏んでるんだ」

「おやすみになったのは何時くらいですか」

「一時過ぎだね」

森田が就寝したのは前田の死亡推定時刻よりも一時間ほど前だ。前田の死因に関しては、そこから先が重要になる。

「その後、なにかに気が付きませんでしたか。離れに誰かがきたかどうかとか」

「そういや、しばらくして車の音を聞いた気がするね」

「その車を見ましたか。どんな車種か分かりますか」

「さてなあ。表に出ていったわけじゃないし、夢うつつだったからねえ」

「小判を数えるのに夢中だったからか」

数之がまた混ぜ返した。

「違うよ。今、話したろ。わしゃ、土浦が抑えたかどうか今、しったんだ」

「土浦って、セネタースの抑えのピッチャーですよね。抑えたかどうか分からなかったとは、どういう意味です？　深夜一時ならとっくに試合が終わってるじゃないですか」

「録画だよ。昨夜は外出してたんで試合を録画しといたんだ」

「だとしても最後まで見れば勝敗は分かるじゃないですか」

「そこなんだよ。いいところで停電になっちゃってさ」

森田の証言で話はさらに複雑になった。大黒が携帯端末で電力会社に確かめると森田の返答通り、一帯では昨夜、停電が発生していた。

時刻は一時過ぎ。復旧したのは早朝、六時。停電の原因は送電線にカラスの巣がひっかかったためだ。針金ハンガーによる漏電。横で聞いていた大河原が嬉《うれ》しそうに大黒に告げた。

「停電か。となると死亡推定時刻がおかしなことになる。これで決定だな。色男、捜査はお前達に任せる。俺達はおさらばだ」

つむじ風のように大河原が母屋から立ち去る。開いた玄関から眺めていると捜査員を引き連れて車に乗り込み、走り去っていった。

確かに大河原の言葉通りだ。前田の死亡推定時刻と停電の時間帯が重なっている。停電の発生は一時過ぎ。死亡推定時刻は二時から四時。つまり前田は停電中に感電死したことになるのだ。

事故か、他殺か、自殺か。年齢的に自然死とは思えないところから前田の死因はこの三つしか考えられないが、微妙な余地が残された。

「アメリ、遺体を搬送してしっかり解剖してくれ」

「ふふん。本当に感電死かどうか。それを疑ってるのね」

「いや。お前の初見は信じてるさ」

「いい度胸してるじゃない。いいわよ。きっちり、ばらばらにしてくる。だけど感電死が正しければ、今後の捜査はわたしの意見を優先してもらうからね」

有無を言わさない調子で告げると、アメリは救急車で前田の遺体とともに都心に戻っていった。アメリの初見はいつも正しい。だが停電中に前田が感電死したこと自体があり得ざる状況だった。

「それじゃ、俺は現場の周りを調べてみる」

数之はそう述べると離れへと戻っていく。数之も状況を理解しているようだ。

死因が感電死でなければ話は早い。だがアメリの見立て通りならば厄介な状況になる。一帯には電力がきていなかったのだ。となると、なにか別の電源がなければならない。

「わしゃ、もういいかな。昨夜、遅かったもんで眠くてね」

森田が玄関口で告げた。

「はい。お休みになって結構です。ただし、しばらく遠くにはいかないでください。いろいろとお訊きしたいので」

大黒は念のために森田に釘《くぎ》を刺した。そして自身も現場へと戻った。離れの玄関へは敷地の先の電信柱から電力の引き込み線が続いている。数之が裏手から出てきた。

「ないな。この一本だけだ」

数之は大黒と同様に引き込み線を見上げながら続けた。

「この離れの周りには他に電源はないぜ」

電信柱は敷地の前の道路に沿って並んでいる。同じ送電線から森田が暮らす母屋へも引き込み線が伸びていた。つまり母屋も離れも同じ送電線による電源なのだ。

「土の中は?」

電力が必ず電信柱の引き込み線からやってくるとは限らない。空からこなくても地中に潜んでいる場合もある。

「モグラの電気屋はいない。離れの周りを確かめたが、それらしい配線は見当たらん」

「床下は?」

「シロアリの電気屋もなしだ。念のためにブレーカーを落としてテスターで現場のコンセントを確かめた」

「死亡時と同じ状況にしたんだな」

「ああ、もしこの離れに引き込み線以外の電源がきていたらテスターに反応が出る。だが電源はきていなかった」

「盗みは?」

「魔法使いでも無理だ。この離れに電気を盗んでこようにも送電線は表の道路にしかない。だが死亡時には電気はきていなかった。ないものは盗めないぜ」

確かに数之の言葉通りだ。状況はさらに厄介になってきた。

「鑑識捜査は終わったか？」

「ああ、恥ずかしい写真は山ほど撮ってある」

「だったらあのギターとアンプは動かせるな」

「構わんぜ。どこかでコンサートかい」

数之がそう告げたとき、離れから捜査員が一人出てきた。先ほどギターを鳴らした所轄の人間だ。

「ちょっと聞きたいんだが」

大黒は捜査員を呼び止めた。

「この辺りで楽器に詳しい人間をしらないか。さっきのギターとアンプについて調べたいんだが」

若い捜査員はしばらく考えて答えた。

「そういったことなら、都心になりますが、御茶ノ水の楽器店がいいんじゃないですか。店員がなにより一番、知識があると思います」

「分かった。それと前田の人となりを調べて報告してくれ」

捜査員に告げた大黒は数之とともに車にギターとアンプを積み込んだ。そして御茶ノ水を目指した。

「五郎ちゃん、死んだの？」

大河原は前田のバンドがハードロックだったと述べていた。そこで大黒と数之は御茶ノ水を巡って、そのジャンルの人間がよく出入りする楽器店を突き止めた。

店員の返答は前田五郎の死亡を告げ、ギターとアンプについて尋ねようとした矢先のことだった。

「前田五郎さんをご存じでしたか」

「しってるよ。五郎ちゃんのギターの腕はかなりのものだった。キース・レルフに心酔していてね。バンドの名前もヤードバーズをもじってバードバーズにしてたくらいだ」

「キース・レルフ？」

「ああ、伝説のミュージシャン。ヤードバーズは凄腕のギタリストを何人か輩出してるけどキース・レルフもそのメンバー」

そう説明した店員は問い返した。

「やっぱりあれ？　心臓発作かなにか？　五郎ちゃん、心臓が弱かったからな」

「そうなんですか」

思わぬ情報だった。心臓に問題があったとすれば、停電中になにかのショックで死亡する可能性も考えられる。

「ああ、五郎ちゃんの知り合いなら、大抵の人間がしってた。俺のことは驚かすなってよくいってたから。しかし残念だよな。やっと芽が出るところだったのに」

「芽が出るというと？」

「バードバーズはメジャーデビュウが決まったんだ。このジャンルじゃ、今どき珍しい話さ。ざまあみろ、ラップの奴らって、五郎ちゃん、鼻息が荒かったっけ」

「ラップの奴ら？」

「五郎ちゃんはがちがちのギター原理主義者なんだよ。ギターがないのは音楽じゃないってね。だからラップの奴らと対立してた。ライブで一緒になると、いつも喧嘩腰《けんかごし》だったな。だけど五郎ちゃんが死んだんなら、メジャーデビュウどころか、バンドが成り立たないよな」

前田五郎はどうやらバンドを音楽的な面で牽引《けんいん》する存在だったようだ。ばかりか、鼻っ柱が強いらしい。

「このアンプとギターなんですが」

大黒は数之と車から運んでおいたアンプとギターを改めて店員に示した。

「ああ、五郎ちゃんのだね。俺が売ったから覚えている。これがどうかしたの？」

「実は前田さんは、このギターとアンプを使っているときに感電死したようなんです。どうなんでしょうか。そういったことは、よく起こるんですか」

「五郎ちゃんが感電死？　このギターとアンプで？」

店員は一瞬、面食らった顔をした。

「因縁めくけど、それはあり得ないな」

「因縁というと」

「五郎ちゃんが心酔していたキース・レルフも感電死したんだ。最期まで同じと思って一瞬、自殺かと思ったけど、このギターとアンプで感電死することはあり得ない」

「でもその伝説のギタリストも感電死したんですよね？」

「昔の話だよ。まだアンプの回路が古い部品だった頃。今のアンプはどれも回路に安全技術が施されてる。だから絶縁不良による電気の逆流や水をかぶってショートなんて起こらない。それにほら」

店員は大黒らにアンプを裏返して見せた。

「裏側に緑のコードが付いてるだろ。こいつはアースなんだ。これを床に這《は》わしておけば万が一、なにかあっても電気はこのコードから抜ける」

「するとこのギターとアンプによる感電死は可能性がゼロですか」

「故意に回路を改造してなければね」

大黒は数之に視線をやった。

「いいぜ。本庁に持って帰って徹底的に分解してみる」

数之はギターとアンプを積んだ車で鑑識作業へと向かっていった。

アンプに関しては数之に任せた。さらにアメリの解剖結果を待つ必要がある。大黒は改めて店員に前田五郎とそのバンドのメンバー、対立していた可能性があるラップミュージシャンなどについて聞き込んだ。

時刻は夕刻にさしかかった。聞き込みを終えて大黒も店を出た。店員の「自殺かと思った」という言葉がひっかかった。

だが話ではバンドはメジャーデビュウを控えていたのだ。そのタイミングで自ら命を絶つ行為に及ぶだろうか。

翌日、大黒、数之、アメリは再び、前田が死亡した離れの前に集合した。現場は昨日と同様に立ち入り禁止の規制線が張られ、所轄の人間が警備していた。

「やっぱり、感電死だったわよ。電流斑を示していた指の深部に壊疽《えそ》があった。感電の典型的な兆候ね。一方、遺体には外傷なし。従って刺されたのでも鈍器で殴られたのでもない。解剖した結果、体内から毒物も検出されなかった。心臓が弱かったらしいけど感電によるショック死ね」

「死亡推定時刻は？」

「初見通りに二時から四時よ」

「くわばら、くわばら。マンガだとビリビリきたら髪の毛を逆立てて白黒反転した体が骸骨みたいになるよな。前田の最期もそんなだったのかな」

「アンプは？」

大黒は数之に確かめた。

「アンプに問題はなかった。製造メーカーに詳しく聞いて確かめた。あれは正規の部品のままで改造していない。回路は正常で、あのギターとアンプでは感電はしない」

「ふううん。でも感電死なのは確かよ。なんらかの電気がここで発生していたはずよ」

アメリが前田の死因について整理を始めた。

「あのさ、今回の事件は自然死を除外できるから事故か、自殺か、他殺。前田の死因はこの三つのどれかだけど、大黒はどう思うの」

アメリの指摘に大黒はしばらく考えた。前田は心臓が弱かった。そのため別のショック死も想定できたがアメリの解剖結果から感電死は絶対となった。

加えてバンドはメジャーデビュウを控えていた。やはりこのタイミングでの自殺は考えづらい。衝動的な行為の場合もあるだろうが、可能性としては一番低いように思えた。となると残された死因は事故か、他殺だ。

「もう一度、現場をよく調べてみよう」

大黒は二人に告げ、離れに入った。昨日は前田の死亡をしった段階で解剖や楽器店へとそれぞれが散った。そのために現場をじっくりと改める時間がなかった。

事故にせよ、他殺にせよ、前田は停電中に感電死した。部屋には鍵がかかっている。となればこの室内でなんらかの電気が発生したと考えるのが妥当だ。

むろん死亡推定時刻に外部で感電死してから室内に搬入された可能性もある。しかしまずは室内だ。

大黒は八畳ほどの和室に視線を注いだ。特にあやしいものはない。前田の部屋のコンセントは三つほど。いずれも壁に足首ぐらいの位置で埋め込まれている。

「離れに別の電源はきていなかった。それは確かなんだな」

大黒の確認に数之《とも》がうなずいた。

「ああ、豆電球も灯らないね」

となると通常の電源は候補から外される。

「落雷の可能性は？」

「気象庁に問い合わせた。前田の死亡推定時刻、この近辺で落雷はなかったそうだ」

キッチンへ足を運んでいたアメリが声を上げた。

「ねえ、こっちに水槽があるんだけど」

声に大黒は首だけ伸ばして和室からキッチンを見た。テーブルに確かに水槽があった。

サイズは縦横五十センチほどか。昨日は大河原がスポーツ新聞を広げて座っていたために陰になって見えなかった。

「水だけの水槽なんだけど」

　アメリがいうように水槽は液体が半ばまで満たされている。しかし中にはなにもいない。最近は水そのものを楽しむのが流行《はや》っているのだろうか。

「数之、調べられるか」

　大黒の言葉に鑑識ケースをぶらさげて数之が水槽の横へいった。ケースからいくつかの試験紙を取り出すとスポイトで吸い上げた水槽の液体を垂らした。

「水道水だな。ただしカルキを抜いてある。金魚でも飼ってたのかね」

　魚のいない水槽。なんのためにここに置かれているのか。大黒は違和感を覚えた。数之が水槽の指紋を採取しながらつぶやく。

「電気ってことなら和室には乾電池がいくつかあったぜ」

　ちょっとした収納代わりか、和室にカラーボックスが置かれ、そこに単一、単三の乾電池がいくつか転がっている。

「アメリ、乾電池で感電死する可能性は？」

「電池で人間が死亡するのは幼児が誤って呑《の》み込んで窒息するときだけよ。もっとも死ぬほどつなげば話は別だけど。ふふふ、やる？」

　話が厄介になってきた。今、和室のコンセントに繋《つな》がれているのはガラステーブルにあるコンピューターだけだ。前田は最近の若者によくあるようにテレビを見なかったらしい。ラジオも新聞も見当たらない。

「数之、ネットで相手を感電死させることはできるか」

指紋の採取を続けながら数之が答えた。

「電気ショックウィルスみたいのか？　無理だろうな。仮にそんなのを送信できたとしてもファイルを開いた瞬間にコンピューター自体がおしゃかになるぜ」

室内には他に電気器具はない。天上の照明は裸電球ではなく、カバーのある蛍光灯で直接、手を触れるタイプではなかった。

「数之、ここの屋根に太陽光パネルは？」

「そんなしゃれたものはないね。死体を発見した森田の母屋にも。近くにあったら大黒がいうように停電中でも電気を使えたろう。だが隣家とは離れている。かなり長いコードが必要になる。百メートル以上のな。目立ってしかたないぞ」

数之の言葉は正しい。百メートル以上の長いコードを使用してこの離れに電力を運んでくるというのは不自然だ。電気泥棒だとしてもすぐに目に付く。

「アメリ、人体が自然に発電する可能性はあるか？」

「確かに人体は微弱ながら電気を放っているの。そのわずかな電流で薄いペーパータイプの蓄電池を作成してスマートフォンに利用しようとする実験をアメリカで始めたらしいわ。だけど、それでいちいち感電死してられないわよ」

「人間発電所はどうだい？」

玄関口から声がした。そちらに視線をやると、いつ規制線を越えたのか、森田がニコニコとたたずんでいた。

「あんたらはしらんだろうが、わしの若い頃にブルーノ・サンマルチノってプロレスラーがいた。付いたあだ名が人間発電所」

「人間発電所？　なんだい、そりゃ」

森田の言葉に数之は持参していたタブレット端末をネットに接続した。

「これがそうか。むきむきのマッチョだな」

呼び出した画面を数之が一同に示した。森田が画面にうなずいた。

「なつかしいな。あいつに脳天チョップを放てたのは馬場《ばば》だけだった。というのもサンマルチノはカツラだったんだ。だからジャイアント馬場クラスじゃないと遠慮してね」

「なにいってるの。人体による発電なんてホラー小説じゃあるまいし」

「いや、お姐ちゃん。一概に否定はできないよ。ブルーノ・サンマルチノは確かに発電をしたんじゃない。あまりの怪力からそんなあだ名になった。だがブルーノ・サンマルチノが大人気になった頃、祭りの小屋に人間発電所が出ていたんだよ」

「祭り小屋？　それでその人はなにをしたのよ？」

「うーんうーん、って唸《うな》ってな。それでもって握っていた電球を点けてみせるんだ」

「なんだか眉唾ものね。本当？」

「詳しくはそっちの道の人に聞くんだね。わしが見たのは浅草《あさくさ》だったな。人間発電所、雷門《かみなりもん》ゴロ太っていったかな」

アメリがこちらに視線を送ってきた。たしかにここで調べていても電気の発生の手がかりはつかめそうにない。大黒は仕方なさそうにうなずいた。数之が最後に告げた。

「森田の爺さん、聞きたいんだが、前田は金魚かなにかを飼っていたか？」

「魚かい？　どうなんだろう。そんな話は聞かなかったし、わしゃ、ここに上がったのは今が初めてなんだ」

浅草寺《せんそうじ》の裏手を進んでいくと昭和にタイムスリップしたような長屋が並んでいた。人間発電所、雷門ゴロ太はまだ存命だった。

警視庁の浅草方面のルートから香具師《やし》を紹介してもらい、年寄りに聞き込みを重ねた結果、今でいうパフォーマーだった雷門ゴロ太に辿《たど》り着いた。

聞けば九十歳になるという。痩せて動作は緩慢、足腰もかなり弱っている様子だ。しかし意識はしっかりしていた。

「ああん？　なんだって？　ああ、そうだよ、祭り小屋に出てた。人間発電所、雷門ゴロ太ってのはわしのことだ」

　ゴロ太は耳も遠いらしい。大黒と数之、アメリはゴロ太のアパートに上がると座布団に座って話を聞き始めた。

「人間発電所って、どんなことをしたのかって？　なつかしいね。今じゃ、もう無理だが。ただし夢はたっぷり見させてもらった」

　大黒の質問にゴロ太は少し遠い目をするとうなずいた。

「いいか、こうやってな、両手にタングステンを握ってな」

　タングステンとは、どうやら電球のことらしい。

「それでな、全身の力を手に集中させる。うーんうーんと唸るほどにな。するとな、ぱっと両手の電球が灯り始める。どうだい、ちょっとしたもんだろ？　こいつが人間発電所。客はみんな、拍手喝采だったたな」

　ゴロ太は淋《さび》しそうに笑いながら自身の両方の手の平を見つめた。

「そんなことが本当にできるんですか？」

　ゴロ太は冷めた目で大黒を見返した。

「お若いの。あんた桜田門の人間だよな。大丈夫なのかい？」

　大黒をしげしげと眺めたゴロ太は告げた。

「芸に決まってるだろ？　人間の体から電気を起こせるわけがねえ。デンキウナギじゃあるまいし」

「それ、いただき」

ゴロ太の最後の一言にアメリは瞳を輝かせた。

「なんだって？　後学のためにそのネタを教えてくれだって？　失礼な男だね。手品のタネは聞かないってのが、こっちの世界のマナーだよ」

数之の質問にゴロ太は叱咤《しった》した。


「あの水槽にデンキウナギがいたっていうのか」

水族館へ向かう車中で数之が後部座席を振り返った。後ろに座るアメリが答えた。

「どう考えても変よ。水だけなんて不自然じゃない」

「だとしてもだ。そのデンキウナギはどこへいったんだ？　もしかして前田が空腹で喰《く》っちまったのか。それで感電死したのか」

「数之、あんた血も涙もないわね。自分が飼ってるペットを喰う奴がいる？　水槽から逃げ出したかなんかじゃないの」

「それで停電中に前田と接触して感電。となるとまだあの離れのどこかに潜んでいるのか？　大黒、俺は二度とあの離れの調べはしないぞ」

「馬鹿ね、相手は魚よ。水の外でいつまでも生きてるわけないじゃない。血も涙もないし、意気地もないのね。そんなにビリビリが恐《こわ》いの？」

「とにかくあそこにデンキウナギがいないと明白になってからじゃなきゃ近寄らない。どこでどんな目にあうか分からんからな」

大黒の運転する車が都内の水族館に着いた。事前に話を聞きたいと連絡を入れてある。大黒は数之、アメリと館内へと入った。

「これがデンキウナギです。名前はフランソワ」

アポイントを取っていた館員は若い男性で、三人を奥の水槽に案内すると解説を始めた。どこかウキウキとした様子で目が輝いている。

「ウナギといっても本当は全然別の種族です。南米のアマゾン川などに住んでいましてね。へへへ、アマゾン」

三メートルほどの細長い水槽にウナギがうずくまっている。通常のウナギよりも黒く太く、なにより長い。一メートルほどもあった。大黒が代表して尋ねた。

「大きいですね。どれもこのぐらいなんですか」

大黒は前田の部屋にあった水槽を思い出していた。あのサイズでこれほど大きなウナギが飼えるのだろうか。

「まあ、普通でしょうか。フランソワは生まれて六年ほどです。でも長生きしたものの中には三メートルになるのもいます。むろん稚魚は二十センチほどで可愛《かわい》いもんですが。

へへへ、可愛いな」

とすると前田の水槽でも成長中のものは飼えることになる。

「どれも電流を出すんですか」

「ええ、出しますね。ちょっと試してみますか。あれで計れます。へへへ」

館員が水槽の横を指さした。小さなメーターが取り付けられている。どうやら電圧計らしい。続いて館員が三人の背後を示した。

「後ろの壁にAEDがありますね。あれが千二百から二千ボルトぐらいです。ではフランソワはどうか。あなた、どうぞ」

館員が数之に告げた。

「ごめんだよ。ビリビリくるのが分かっていながら触る気はない」

「大丈夫ですよ。この水槽をこんこんと叩けばいいだけですから」

「やだね。なにがあるか分からない」

「水槽はガラスです。ガラスは電気を通しません。だから感電することはないんです」

数之は回れ右すると後ろに下がった。科学を仕事とする鑑識課員とは思えなかった。

館員はやれやれといった様子で自ら水槽のガラス面を叩いた。途端にウナギがぶるっと震えた。メーターの針がさっと動く。

「六百ボルト。通常並みだな。フランソワの最高記録は九百なんですよ」

館員が残念そうに告げる。

「十分、死ねるわね」

アメリがつぶやいた。館員が嬉しそうな顔になった。

「人間が死んだって話は聞きませんが、馬が感電したり、ワニと電撃で戦って勝ったってことがあるらしいです。強いなあ」

素朴な疑問を感じて大黒は尋ねた。

「自分は感電しないんですか」

「しません。フランソワ達の体は脂肪に包まれていて絶縁体の役目をします」

大黒はしばらくデンキウナギを眺めた。水槽は上部が金網でふさがれている。しかし水はいっぱいではない。確か前田の水槽も水が半分ほどだったことを大黒は思い出した。

「水槽なんですが、水が上まで入っていませんね。六分目程度ですが」

「いいご質問です。フランソワ達は不思議な習性がありましてね。鰓《えら》があるくせに空気呼吸しないと駄目なんですよ。だから、ときどき水から顔を出して息継ぎします」

「なんだって？　すると水から出てもしばらくは平気ってことなのか」

数之がおそるおそる質問した。

「ええ、そういう意味では両生類に近いですかね。飛び出す恐れもあるので当館では金網で上を塞いでいます」

大黒は続く質問を口にした。

「彼らは簡単に手に入るんですか」

「ペットショップやネット通販で買えますね。一万円しないくらいですよ。結構、好きな人が多いみたいです。へへへ」

「なぜ、フランソワなんですか」

「だってぴったりの名前でしょ？」


「下手人が徐々にはっきりしてきた様子じゃない。そうとなれば前田の離れに戻って家捜ししてウナギの確保よ」

駐車場へと戻りながらアメリが嬉しそうに告げた。その言葉に数之がその場で地面に腹這いになった。駄々をこねる子供のように四肢を突っ張っている。

「嫌だ。俺は絶対にいかない」

館員の話からアメリの推理はそれなりに筋が通っている。デンキウナギによる事故死。しかし大黒は疑問を感じていた。

「どうかな。ひとつ問題がある」

「問題？　なによ、またいちゃもん付けるつもりなの」

「前田は心臓が弱かった。そんな奴がデンキウナギなんて飼うか」

「そんなの分からないわ。好みの問題だもの」

「じゃ、飼っていたとしよう。だが前田がギターを抱えて死んでいた点はどうだ？　死亡推定時刻は停電中だ。照明は灯っていない。そもそも暗闇の中でギターが弾けるか」

　腹這いになったままの数之が尋ねた。

「てことはあのギターは偽装なのか。つまり他殺の線があるんだな。デンキウナギが犯人じゃなくて？」

「前田がデンキウナギを飼っていたか、まだ離れの辺りにいるのか、それは所轄の人間に捜索させよう。我々三人じゃ手が足りない。見つかれば事故だった線が浮上する」

「それで俺達はどうするんだ？」

「他殺の線を潰すんだ。容疑者を洗い出して聞き込みする」

「ちぇっ、つまんないの。チビフグが感電するのを楽しみにしてたのに」

　大黒は携帯端末で所轄に離れの捜索を依頼した。デンキウナギだけによくよく注意するように言い添えた。

「アメリ、もし今回の事件が他殺だとすると、奇妙だと思わないか」

　ふくれっ面をしているアメリに大黒は問いかけた。捜査に意識を向けさせておかないとなにを騒ぎ出すか分からないからだ。

「奇妙ってなにがよ」

「感電死だよ。なぜそんな殺害方法を選んだんだ?」

「まあ、確かにね。刺殺、撲殺、毒殺、手っ取り早い手段は他にあるけど」

「偽装だろ? 前田はギタリストだ。ギターで感電死したと見せかけたかったんだよ」

デンキウナギの捜索に進まなかったことから数之は意欲を取り戻しているらしい。

「ああ、そうだ。だが数之、お前は前田がギタリストだったことをしっていたか」

「いや。俺はカスタネットとトライアングル専門だ」

「アメリもしらなかったよな?」

アメリがうなずいた。捜査に加えられていることを意識し始めたのか、気を取り直しているらしい。

「俺もしらなかった。前田五郎はまだメジャーデビュウしていない。奴がギタリストだとしっている人間は限られているだろう」

大黒はポケットからメモ帳を取り出した。

「ここに昨日、所轄から上がってきた前田の人となりを書き留めておいた。まず前田は生命保険に入っていない」

「保険金目当てじゃないわけだな」

足下で数之が答えた。

「利用していた銀行口座も調べがついている。定期預金はなし、残高は十万ほど」

「ミュージシャンらしいね。住んでた家はオンボロだし、預金はなし。あるのは夢だけか。おまけに酒だ。表彰してやりたいね」

「あの離れだが昨日、見たように荒らされている様子はなかった」

「物取りの犯行でもなさそうなのね」

「とするとアメリ、他にどんな線が考えられる？」

「ひとつは防衛ね。前田に殺されそうだったから先に殺した」

「他には」

「誰かに恨まれていた。あと交換殺人、それと愉快犯」

「偽装なら容疑者は前田がギタリストだったこと、心臓が弱かったことをしっていたはずだろう」

「それとあれだ。泥酔して早寝する癖があることもだ」

「離れは昨日、数之が調べたようにピッキングされたわけじゃない」

「鍵を使って侵入したわけね。つまり合い鍵を作れるような人間。物取りの犯行も消えたわけね」

「森田の爺さんの可能性は？　死亡推定時刻にすぐ近くにいたし、泥酔して早寝することも把握してたんじゃないか。なによりマスターキーを持ってるぜ」

「ああ、確かに強力な容疑者の一人だ」

「なによ、大黒。否定的な口ぶりね」

「動機だ。森田は大家だ。いくらで部屋を貸していたかは聞いていないが前田を殺せば家賃収入がなくなる」

「そうだな。もっと別の理由がなければ変だな」

「森田は逃げ隠れはできない。身元は俺達がしっかり把握してる。それよりもまず怨恨の線だ」

大黒はメモ帳を開いたまま、携帯端末を手にした。

「昨日、御茶ノ水の楽器店でバンドメンバーの連絡先を聞いてある」

「前田を恨んでいた奴がいないかの確認ね」

メンバーが犯人である可能性は低い。前田を殺すとせっかくのデビュウがおじゃんだからだ。しかし近しい人間は別だ。

メンバーには電話ですぐに連絡が付いた。大黒は相手の住居近くのファミリーレストランを待ち合わせ場所に指定した。

「チビフグ、いつまで腹這いになってるのよ。立ちなさいよ。それともわたしのスカートの中を覗くつもりなの」

「金を積まれても見たかないね。人を感電させるつもりだった奴の下着なんか」

立ち上がりながら数之が続けた。

「そうだ。プロパンガス屋がいるけど、あいつは容疑者にならないか」

「大いになる。東京電力に濡れ衣を着せるつもりだったのかもしれない。だが玄関には鍵がかかってた。それに前田を殺せば一人、お得意をなくす」

「ベースのジョニーだ」

ファミリーレストランのテーブルを挟んで髪の長い痩せた男が告げた。両手の指に指輪をしている。

「ドラムのジョニーだ」

ジョニーの隣に座る背の低い男が続けた。こちらも髪が長く、両手の指に指輪をしている。どっちの指輪から始めるかと大黒は二人を見た。

「ええと、どちらもジョニーさんですか」

「ああ、ジョニーBとジョニーDだ」

ベースマンが大黒にぶっきらぼうに答えた。離れにあった写真入りのチラシではバードバーズのメンバーは前田を含めて三人だ。つまり残りのメンバーはこの二人となる。

「五郎の奴、やっとデビュウってのに死んじまうって、なに考えてんだ。迷惑もいいところだ」

「だよな。俺達、どうすりゃいいんだよ」

アイスコーヒーをするベースマンの言葉にドラムスも口を揃える。おそらく前田はなにも考えていなかっただろう。でなければプロパンガス屋を困らせ、近隣の朝食や朝風呂を遅れさせ、メンバーを路頭に迷わせたりしない。

「念のためにおうかがいしたいんですが前田五郎さんに恨みを抱いていた人物に心当たりはないですか」

「念？　なんの？　心臓発作って聞いたけど違うのか？」

ベースマンが尋ね返した。ドラムスも告げた。

「恨みだって？　五郎は殺されたってのか」

「いえ、あくまで可能性のひとつです。実は前田さん、ギターを抱いて亡くなっていたんですが、感電死した様子なんです」

ジョニーBとジョニーDは顔を見合わせると首を傾《かし》げた。

「前田さん、確かラップの人間と対立していたとか」

「ああ、東京ラップザップの奴らだな。ライブで一緒になるといつも五郎が喧嘩をふっかけてた。だが奴らの仕業じゃないだろう」

ジョニーBの言葉にジョニーDが続ける。

「あんたの話だとギターによる感電死を偽装しているみたいに聞こえる。確かに奴らはラップのバンドでギタリストはいない。ただな、今どきのミュージシャンならギターで

感電死しないぐらいの知識はある。アンプの安全性をしってるから。偽装したとしても
すぐにばれると思うはずだ」
「それに東京ラップザップの奴らはアマチュアで本業はみんな坊主なんだ。いくら頭に
きていても殺生は避けるだろ」
ジョニーBとジョニーDは対立するバンドの可能性を否定した。
「ミュージシャン以外はどうですか」
大黒が二人に尋ねるとしばらく黙り込んだ。どちらが切り出すか、探り合っている様
子だった。やがてジョニーBが口を開いた。
「一人いることはいる。ただ悪い人間じゃない。人を殺すとは思えないが」
「誰なんですか」
「花井《はな》香《いかおり》。五郎の女だ。正しくは女だったになる」
ジョニーBの言葉をジョニーDが補足した。
「五郎には最近、新しい女ができたんだ。俺達、メジャーデビュウが決まって売れ始め
たろ？　それで若いファンがつきだしてな。五郎は以前から香とはいつか別れるつもり
だっていってたがファンの一人に乗り換えたんだ」
「前田さんとその女性は長い付き合いだったんですか」
「ああ、俺達がバンドを結成した当時から五郎を物心両面で支えていたよ」

ジョニーBが答えた。数之が愚痴った。

「前田って奴は血も涙もないな。つらい時期に世話になって、売れ始めたらさっさと捨てるわけか。なんで女は売れないミュージシャンが好きなんだ？」

「おもしろいからよ。少なくともあんたと付き合うよりは」

アメリが告げた。大黒は二人に確かめた。

「今のお話ですと花井さんは前田さんを恨んでいたでしょうね」

ジョニーBが答えた。

「それは確かだろう。けなげに尽くしていたからな。よく泣いていたっけ」

ジョニーDが補足した。

「ああ、けなげだな。ある意味で」

「ある意味？」

「香は瞬間湯沸かし器なんだ。泣かされて、かっとなる面がある。だから五郎が浮気するたびに喧嘩していた。別れたのは二カ月ほど前だが、スタジオ練習にきた五郎の額に青あざがあったんだ。また大喧嘩になったんだなってすぐに分かった」

ジョニーBが言葉を受けた。

「香にバーボンのボトルで殴られたんだとさ」

「花井さんの連絡先か、勤め先が分かりますか」

「分かるよ。五郎は持病があっただろ。それで定期的に通ってた病院で香と知り合った。香は看護師なんだ」

大黒はジョニーBから八王子《はちおうじ》にある医療センターの名前を聞き出した。強力な容疑者が浮上した思いだった。

ギターによる感電死を偽装した殺人。その理由は女性が非力だからだ。男性の前田を撲殺したり、刺殺しようとしても腕力で劣る。

だが電気を使えば話は別だ。心臓が弱かったことを利用して、なにか別の電源によるショックを与えたのではないか。

持ち運べる発電機、あるいは車のバッテリー。そういえば森田は死亡推定時刻、車の音を聞いている。容疑は濃厚に思えた。医療関係者ならどこをどうすれば、電気ショックが効果的かも知識があるだろう。

「あんた、いい女だな。楽器は弾けるか」

ジョニーBがアメリに尋ねた。

「全然、駄目。子供の頃にピアノをかじったくらい」

ジョニーDが付け足した。

「そうか、残念だな。多少できるなら、五郎の後釜になってくれれば人気が出ると思ったんだが」

「残念ね。わたし仕事一筋だから」

ジョニーBが再び尋ねた。

「仕事？　なにしてるんだ」

「解剖医」

ジョニーDがうなずいた。

「人間の体を切るのか。そりゃ、ロックより楽しいかもしれないな」

ジョニーBに教えられた八王子の医療センターに連絡を取ると花井香はちょうど出勤したばかりとのことだった。

大黒は数之、アメリとともに受付近くのロビーで相手を待った。ほどなく花井香が現れた。受付でなにか確認し、こちらを認めると歩み寄ってくる。

のっしのっしと音がするようだった。一瞬、床が揺れているのではないかと錯覚した。

花井香は白衣を着たブルーノ・サンマルチノそのものだった。

トドを思わせる巨体で身長は大黒よりも高い。百八十センチ以上ある。全身は筋肉の固まりだ。大黒は自身の推理の甘さを実感した。

非力な女性による感電死の偽装。だが少なくとも花井香を非力とはいえない。死亡した前田の方が明らかに身体的に劣る。

前田が花井香といつか別れるつもりだったのも、うっすら理解できた。メンバーの話では二人の間に喧嘩が絶えず、暴力沙汰になっていたように聞いた。

しかし暴力を振るわれていたのは前田の方らしい。だから別れるつもりだったのだ。おそらく額の青あざもバーボンのボトルではなく、花井の拳ではないか。

「警察の方？　わたしになにか御用？」

花井香はロビーのソファに座ると尋ねた。大黒らも向かい合って腰かけた。

「前田五郎さんについてなんですが、亡くなったのをご存じですか」

大黒の言葉に花井香は一瞬、息を呑んだ。

「本当ですか？　今朝、自宅に電話してみても出ないから変だと思ったけど」

うなずく大黒に現実のことだと理解した花井香は目尻に涙を浮かべた。

「五郎のバカ」

花井香が拳でソファを叩いた。ずぼりと鈍い音がする。凹《へこ》んだまま元に戻らない。スプリングが折れたようだ。

「昨日、お住まいの離れで亡くなられました」

また花井香がソファを叩いた。ぼすんと穴が開いて中綿が飛び散った。

「我々の調べでは感電死されたようです。確か花井さんは前田さんとお付き合いされてましたよね」

涙を流しながら花井香がうなずいた。片手で摑《つか》んだソファの革がびりびりと音を立てて破れた。

「二カ月前に別れたと聞きましたが、最近、前田さんの部屋にいかれましたか」

花井香が首を振った。顔中が涙で濡れている。

「前田さんの部屋の鍵はお持ちですか」

花井香が涙で濡れそぼった顔をあげた。大黒の言葉に事件性を感じ取ったのか、息を整えると言葉を絞り出した。

「合い鍵は持ってます。あの、五郎の感電死って事故じゃないんですか?」

不安を打ち消すためか花井香は頼るようにソファを摑んだ。めしりと音が響いた。

「五郎は誰かに恨まれるタイプの人間ではないです。確かに喧嘩っ早いところはありました。でも口だけで腕っぷしは全然だった」

それはそうだろう。少なくとも花井香に対して暴力で勝てる男は少ない。

「関係者の全員に聞く一応の質問なんですが、花井さんは昨日の深夜一時から四時、どこでなにをされていましたか」

アリバイの確認だと理解したようだ。花井香は頰の涙をぬぐうと答えた。

「一昨日の夜から昨日の朝まで宿直勤務です。夜十時から朝の六時まで。外科のナースステーションで同僚とずっと一緒でした」

大黒は数之に視線をやった。うなずくと立ち上がった数之が受付へ向かう。捜査権があるのは警察官である大黒と数之だけだ。アメリは本来、捜査に立ち入れない。アリバイの裏取りは数之にまかせて大黒は質問を続けた。

「花井さんはどちらにお住まいですか」

「小平《こだいら》の方です」

「すると通勤は？」

「電車です。運転免許は持ってません」

花井香は聡明《そうめい》らしい。大黒の質問の意図を把握したようだ。不安げな面持ちで答えると再びソファを握りしめた。ばりんとなにかが鳴った。

前田の死亡時刻に花井がここで勤務していたのは確かだろう。そんな嘘《うそ》はすぐに馬脚を現すことになる。

だが八王子から前田の離れまでは車を使えば一時間もあれば往復できる距離だ。大黒の確認はそこにあった。

花井は免許を所持していないという。事実なら残された可能性は無免許運転か、タクシー。または共犯の存在だ。

「わたし、運動は駄目で自転車にも乗れません」

みしり。ソファが音を立てた。花井は手を離した。そこへ数之が帰ってきた。大黒にうなずくと隣に座る。

花井香の証言は正しいようだ。アリバイは同僚に裏付けられたのだろう。だが花井が有力な容疑者であることに変わりはない。

なんらかのアリバイトリックがあれば犯行は可能だ。だがその推理はまだ大黒の脳裏に浮かんではこなかった。

「もういいですか？」

涙顔の花井香が告げた。とりあえず現時点での確認作業はここまでと思えた。数之の聞き込みといくつかの捜査を終えてアリバイ崩しを考える必要を大黒は感じた。

「今日はここまでです。またなにかあればお話をうかがいにきます」

花井香は小さくうなずくとソファから立ち上がり、職場に戻っていった。同時に座っていたソファがぐらりと揺れるとバラバラに壊れた。

「俺、今度なにに生まれ変わるにしても、ここのソファだけは勘弁だな」

数之が解体しているソファにつぶやいた。

「それでアリバイは？」

大黒は病院のロビーで数之に尋ねた。

「証言通りだな。外科の同僚に尋ねた。確かに花井香は前田の死亡推定時刻に当直勤務に就いていた。複数の人間が答えている」

「ここから前田の離れまでは車なら往復一時間で事足りる。そのぐらいの間、花井が姿を消していた様子はないか」

「外科の当直はナースステーションに詰め切りだそうだ。せいぜいトイレにいったりの数分程度だとさ」

　なぜ犯人が感電死を殺害方法に選んだのかは、まだ不明だ。仮に花井香が犯人の場合医療関係者だけに毒物なり、その他の方法も把握しているだろう。

　激情にかられた上での犯行なら撲殺や絞殺も、あの体力ならあり得る。だが計画的犯行なら自身に嫌疑を向けられないように感電死を選択したとも考えられる。

「なにか裏がある。ギターによる感電死を偽装したこと自体、あまりに特殊だ」

「だが死亡推定時刻は深夜だぜ。電車はない。離れまでいくには車が必要だぞ」

「チビフグ、香さんは運転免許を持ってなかったんだって。自転車にも乗れないって」

　アメリが続けた。

「わたし、彼女じゃないと思うわ。今の感じだと香さんは前田を本当に愛していたみたい。殺すとは思えないけど」

「アメリ、ＡＥＤってのはどうやって使うんだ？」

　大黒の頭に浮かんでいたのは水族館で見たＡＥＤの存在だった。電気ショックを与えるなら、もっとも身近で持ち運びが便利だ。

「本体から二本のコードが伸びてるの。そこにパッドがついてるから、両方の胸に貼って、それでスイッチを入れる」

「指に貼り付けられるか」

「そのままでは無理ね。でも改造すれば可能かしら。コードを剝《む》き出しにするとか、指に貼り付けられるサイズの金属片を付けるとか」

「総務で話を聞きたい」

大黒は数之、アメリと受付で総務の場所を聞くとそちらへと足を向けた。一階の受付の奥が総務部だった。

「警察の者です。こちらにＡＥＤはありますか」

「ええ、あります」

総務の男が応対に出た。

「全部でいくつですか。どれかが紛失していたりしませんか?」

「うちのですか? どうだろう」

男はその場で電話をかけた。院内のいくつかの部署に問い合わせている。やがて電話を置いた。

「うちのＡＥＤは三つですが全部、無事ですね」

「こっそり使って、こっそり元に戻すことは可能ですか」

男は大黒の質問に首を傾げた。

「ああ、ＡＥＤというと駅や学校に設置されているものをお考えですね。ですが病院のは本格的なもので簡単に持ち出せるタイプではないんですよ」

「そうよ、大黒。病院で使うのはしっかりした四角い箱で搬送用のワゴンに載ってるの。しかも電源はコンセント。離れで使うことは不可能よ」

アメリが補足した。大黒は追いつめられた。ぶぶぶ。頭に熱い風が音を立てる。

花井香は怨恨の線で、もっとも容疑が濃いはずだ。ＡＥＤもどこかの公共機関のものを盗んで利用することができる。

わざわざ感電死という厄介な方法を採り、病院勤務ならもっとも手近な方法であろう毒殺を選ばなかったのは、嫌疑を逸《そ》らすためではないのか。

「大黒、お前、目が血走ってるぜ。落ち着けよ」

数之がなだめるように告げた。

「お前はあの女が無免許運転かタクシー、または共犯の車で前田の離れに向かったと考えているのか。ここからなら往復一時間かかるんだぞ。そのアリバイが崩せるのか」

ぶぶぶ。頭の中の熱風がさらに強まった。

「なにかある。じゃなきゃ変だ」

トリックがあるはずだ。花井が勤務中に抜け出して離れまで往復した方法があるはずなのだ。どこかに必ず。

「大黒、タクシーの線はないわよ。使えばすぐに足がつくから。自転車も乗れない運動音痴なら車の運転も駄目なんじゃない？　運転できるかどうかは聞き込めばすぐに分かるから嘘をいってるとは思えないわ。共犯の車で犯行に向かったとしても一時間のブランクをどうごまかしたっていうの？」

「離れにいって帰ってくるまで誰かが花井香になりすましていたらどうだ？」

「誰かって誰なんだ？　あの体格だぞ。どこにあんな女がいるんだ？」

「男かもしれない」

「男でもいないんじゃないか？」

数之の指摘はもっともだった。花井香になりすます候補者はニホンカワウソを見つけ出すより難しそうだ。

大黒はさらに追いつめられた。ぶぶぶと頭の音が限界までボリュームを上げる。ちくしょう。胸中でつぶやくと、大黒はやけくそになった。

「ヘリコプターは、どうだ？」

「へへへ、いいね。確かに車より速くいって帰ってこられそうだ。壮観だろうな。バリバリとプロペラを鳴らしながら殺しに向かうところは」

「グライダーだ」

「行きはいいが帰りはどうする？」

「瞬間移動だ。花井は特殊能力者なんだ」

「おっ、ＳＦできたか。だったらタイムトラベルの線もあるぜ。未来の花井が過去に戻って前田を殺し、また未来に帰っていった。あるいは念力や呪術で呪い殺したってのはどうだ？」

数之はやけくそになった大黒の反応を楽しむように茶々を入れてくる。

「人形だ。花井そっくりの人形を用意して抜け出す」

「なるほどな。人形にはあらかじめ録音した音声がセットされている。だから同僚達は花井だと思いこむ。として、それからどうする？」

「どうするって？」

「タクシーも車も自転車も駄目。どうやってここから行って帰ってくるんだ？　馬か？そうか。象かもな」

「走るんだ」

声に出してから大黒は我に返った。頭の中で音を立てていた熱風が静まっている。数之とアメリがにやついていた。

「やってみなさいよ」

「いや、いってみただけだ。現実的にはあり得ない線だ」

「分からないじゃない？　もしかしたら意外な抜け道や秘密の地下道があるかもしれないわよ。発言には責任を持つことね。わたし達は先に森田の家まで車で向かうわ。あんたは走るのよ」


大黒は走った。八王子の病院から森田の家までは三十キロほど。後少しでフルマラソンの距離だ。それを大黒は走った。

最短ルートを表示する携帯端末を片手に町を抜け、雑木林や畑を抜け、住宅街を駆けた。汗が背広に染み込み、重くなった。

ルートの半ばで右足がひきつった。それでも大黒は走った。心臓が割れそうだった。だがいつの間にかそんな苦痛も分からなくなった。

不思議な感覚が大黒を襲っていた。一言でいえば安らかな思いだった。ただ足を動かし、前へと走る。それを続けるほどに自身が天国に近づいているような宗教的な体験だった。未来は明るいと信じたくなった。

太宰治《だざいおさむ》はある面で正しいのかもしれない。走るということはゴールなくしてあり得ない。おそらくメロスは友人との約束ではなく、天国へゴールするために走ったのだ。

「二時間半ね」

森田の家の前で車の横に立つアメリが告げた。窓が開くと中から数之も続けた。

「大黒、速いじゃないか。市民マラソンに出たらどうだ？」

「こ、ここは天国か？」

「なんだって？」

数之が尋ね返した。大黒は荒い息のために言葉を続けられなかった。

「それで秘密の抜け道や地下トンネルはあったの？」

アメリの言葉に大黒は首を振った。

「でしょうね。あんたがくるまでわたし達、森田に特別なルートがないか確かめたの。そしたら、そんなものはないって」

大黒は森田の家の前でゆっくりとしゃがみこんでいった。殺人犯は制限速度を守るだろうか。頭に変な思いが湧いた。がらがらと玄関が音を立てた。

「お、到着したか。八王子から走ったんだって？　ご苦労さんだね。ま、上がりなよ。喉が渇いているだろ？」

玄関口でニコニコと森田が笑っている。

「肩を貸してくれ」

大黒は数之とアメリになんとか告げた。

「ああ、いいぜ。周りをよく確かめてからならな」

数之がおっかなびっくり車から出てくると足下を確かめた。森田の敷地から視線をやると離れの方で所轄が藪《やぶ》を掻《か》き分けている。依頼したデンキウナギの捜索らしい。

二人に肩を借りて大黒は森田の家に進んだ。上がってすぐの畳敷きの居間に音を立てて倒れ込んだ。

「冷たい麦茶を用意してやったよ。さ、飲みな」

森田が運んできた盆にはグラスと露を帯びたお茶のポットが載っていた。大黒には森田が天使に思えた。

上半身を起こして立て続けに数杯、麦茶を喉に流し込んだ。天国の味だった。幸福感が四肢に染み渡っていく。大黒は人心地付くと畳に座り直して森田に向き合った。

「森田さんは午前一時過ぎに車の音を聞いたんでしたね」

「ああ、聞いたね」

大黒はつぶやいた。

「やはり誰かがきたことは確かだ」

「誰かって誰よ。香さんのアリバイは絶対じゃない？」

「てことは残された線は交換殺人ってことになるぜ？」

数之とアメリの言葉を聞きながら大黒の視線は向き合う森田の背後に注がれていた。

居間の壁に色紙が掲げられている。

色紙は東京セネタースと読み取れる。背番号らしき数字もある。ただ誰のサインか判読できなかった。

「あれは？」

「あれはセネタースの抑え、土浦のサインだよ。わしがファンだというと五郎ちゃんがくれたんだ」

「どういうことです？」

「五郎ちゃんの彼女は土浦の妹なんだそうだよ。家庭の事情で姓は違うとかだが。それで五郎ちゃんが頼んでくれた」

脳裏でなにかがもやもやした。今回の捜査で断片的に入手した情報がひとつにまとまりそうで、そうならず、もどかしく渦を巻く。

「確か土浦は事件の夜、最終回に出てきて打たれたんですよね」

「ああ、このところ、一発やられるね。登板が続いて疲れてるのかね」

「セネタースは今日も試合がありますか」

「ああ、川崎のホームグラウンドで三連戦の最終日だよ」

大黒はしばらく考え込んだ。もやもやが徐々にまとまり、ひとつの形となった。大黒は数之とアメリに告げた。

「神奈川県警を通じて球場に内密に打診しよう。俺達はこれから川崎に向かう」

「なにを打診するんだ?」

「盗難届だ。AEDの」

セネタースのホームグラウンド、川崎球場にはカクテル光線が灯っていた。昼間の熱が天空に昇り、風を呼んでいる。

すでに試合は始まっていた。わっと歓声が上がり、光の渦に消える。大黒らは連絡済みの球団事務員の案内で球場内部に入った。

くぐったドアの向こうは一転、薄暗い廊下が続いている。ときおり、金属的なスパイクの音がどこからか響く。説明された選手のロッカールームは突き当たりだ。大黒らはその鉄のドアを開いた。

「土浦投手ですね」

大黒はロッカールームにいる男に声をかけた。ユニフォーム姿で土浦一人がパイプ椅子に腰かけていた。

先発メンバーは試合が始まり、ベンチにいっているのだろう。中継ぎ投手はブルペンで肩を作っているはずだ。ただ一人、ロッカールームで出番を待つ土浦は影のような印象がした。

立派な体格の投手だった。花井香はこの兄と同じ遺伝子を受け継いでいるのだ。ただ土浦の顔は淋しげだった。大黒は森田の家を出る前に土浦のプロフィールを聞いていた。

高卒で入団して速球投手として先発を続けてきた。チームを代表する左腕。だが次第に体力が衰えたのだろう。コントロールと変化球を主体とするようになった。

そして今は最終回、一回のみの抑え投手だ。その成績もこのところ振るわない。ファンの誰しも口に出さないが、今期の成績次第では引退だろうと理解しているという。セネタース一筋で投げ続けてきた投手の哀切が感じられた。

「どちらさん？」

怪訝な様子で土浦が尋ねてきた。大黒がアメリに目配せした。合図を受けてアメリは土浦に近づいた。そして土浦の左の肘を叩いた。

「うっ！」

土浦が呻《うめ》いた。わずかに眉が歪《ゆが》んでいる。

「やっぱり肘を壊してる」

アメリが大黒と数之に告げた。

「土浦投手、あなた故障していますね」

「なんだ？　藪から棒に」

「我々は警視庁の捜査員です。土浦投手、あなた前田五郎さんをご存じですね」

大黒は単刀直入に切り出した。土浦の眉がさらに歪んだ。

「八王子の病院に勤める花井香さんとあなたは二人きりの兄妹だそうですね。失礼ながら調べさせていただきました。幼い頃にご両親が亡くなって、それぞれ縁戚に養子縁組されたとか」

土浦はパイプ椅子の前に立つ大黒らを見回している。

「あなた、そもそも香さんと前田の付き合いに反対だったんじゃないですか。売れないミュージシャンでアル中。将来は暗い。ただ一人の家族である妹を託せないと考えていた。ところが前田のデビュウが決まった」

土浦は大黒の言葉に唇を噛《か》んでいる。

「そうなると話は違う。香を任せてもいい。そう考えた矢先、香さんから捨てられたとあなたは聞いた。前田は鼻っ柱が強い。なにか罵倒する言葉もあったんでしょう。香さんもあなたも瞬間湯沸かし器の血筋だ。前田の野郎。殺してやりたい。そう感じたあなたですが、利き腕の肘を壊している。片手での撲殺や刺殺は難しい。抵抗されると失敗する可能性がある」

土浦はただ黙っている。

「毒殺では看護師である可愛い妹さんが疑われる。では、どうするか。妹さんと同様、聡明なあなたは前田がギタリストであることに目を付けた。前田がキース・レルフに心酔していたこと。そのキースが感電死したこと。それをあなたは妹さんから聞いていた。

そこでギターによる感電死の偽装を思いついた」

数之が横から口を出した。

「前田の心臓が弱いことも伝え聞いていたんだろ？　だが普通の家電製品じゃ、電気ショックは確実じゃないよな」

大黒は続けた。

「球場からＡＥＤが盗難されたと届けが出ています。あなたですね」

黙って聞いていた土浦が小さく唸った。

「土浦投手、あなたは音楽に詳しくなかった。偽装したつもりでしょうが今のギターとアンプでは感電しないんですよ」

アメリが口を開いた。

「香さんに電話しました。あなたになにを話したか確認するために。彼女は聡明ですね。あなたの名前が出た段階で我々同様に真実を理解したようです。前田はわたしが殺した。これから自首するといっています」

「香が？」

土浦はそこで目を閉じた。深い皺《しわ》が顔に刻まれている。ここが出番だ。大黒はとどめのセリフを発した。

「このままではどうなるか、お分かりですね」

土浦が深く息を吐くと顔を上げた。

「ああ、俺だ。俺がやった。あの夜、試合が終わって車で前田のところにいった。深夜一時過ぎだ。明かりは消えていた」

「妹さんから聞いていたように泥酔して寝ていると思ったんですね」

「そうだ。だが念のために明かりを点けなかった。相手が起きるかもしれないからな。だから懐中電灯で侵入した」

「鍵はどうしたんですか」

「あそこはオンボロだ。鍵も古い。番号が分かればネットで合い鍵が注文できる」

「それからどうしたんですか」

「前田はベッドでよく眠っていた。横手にギターとアンプがあるのを確認してAEDを使った」

「そのAEDは改造してますね」

「ああ、ネットに感電自殺のブログがあった。だから書いてあるようにコードを剝き出しにして両手の指先にセロテープで貼り付けた」

「妹さんが犯人にされないためには、あなたが自首する必要があります。それと犯行を証明する物証も」

「証拠ならAEDがまだ俺のマンションにある」

土浦は立ち上がるとユニフォームを脱いだ。

「これ、あそこの爺さんにやってくれ。俺の最後のユニフォームだ。爺さんはルーキーの頃から俺を応援してくれていたって妹から聞いている」

土浦はすぐ横にいた数之にユニフォームを手渡し、ロッカーにあった私服に着替えた。

「そうか、今のギターとアンプじゃ、感電しないのか」

「それ以前の問題さ。あの辺りの夜は暗い。まして深夜だ。明かりが消えていても当然だと思うだろう。だけどあそこは、あんたがくる前に停電中だったんだぜ。なにをどう使っても感電はしないんだ」

大黒が告げようとする前に決め台詞を数之に持っていかれた。

「そうかい。土浦の最後のユニフォームか」

翌日、森田は数之からユニフォームを手渡されて悲喜こもごもの様子だった。

敬愛する選手が殺人犯だったのだ。続く言葉がなかった。母屋の玄関口にたたずみ、手にしたユニフォームをじっと見つめている。

大黒は数之とアメリに視線をやった。二人もしんみりした様子だった。

「爺さん、そんなにしょげるなよ。セネタースは昨日、勝ったんだろ」

そう告げた数之がはげますつもりか、森田の方へ一歩、踏み出した。そのとき、雑草を踏んでいる数之の足下で〝どん〟と鈍い音がした。

「キュウ」

数之が唸るとそのまま、地面に倒れ込んだ。アメリがかがみ込んで数之の瞳孔を調べる。やけに嬉しそうな様子だった。

「失神してるわ。残念ね。命に別状はないみたい」

アメリは数之の脈を調べて一同に告げた。

「なんだい、どうしちまったんだい？」

森田の疑問に大黒は音がした足下を見た。数之が踏み出したところはペンペン草が茂っている。その雑草の中に消えていくなにかがうかがえた。草の陰に這い入ったのは黒く、太く、長いものだった。

第三話　真夏の夜の冬

昨日、神社でおみくじをひくと大吉だった。おかげで今夜は雨。計画は予定通り進められる。神様が味方してくれているのかもしれない。彼女と出会ったのもきっと天の采配だ。哀れな二人の女への。

車のフロントガラスを濡《ぬ》らす雨を見つめながら、わたしは回想した。

彼女との出会いは「困っている女の会」の講演会でだった。ストーカー被害やDVに悩まされている女達へ、対応策や法的手続きを教えてくれる集まり。

彼女はわたしから少し離れた席に座っていて、旅行代理店らしい社名の紙袋から書類を取り出し、講演が始まるまでチェックしていた。

わたしが講演会にいったのは救済を求めてではない。復讐《ふくしゅう》の協力者を探すためだ。いずれ、わたしは死ぬ。遠くない内に。そんなわたしを平気で捨てるあいつなど許せるはずはない。

計画は練り上げていた。あとはパートナーを探し、実行に移すだけだった。

講演が終わった後、わたしは彼女に声をかけ、喫茶店に誘った。こちらの事情を話し、彼女の事情を聞き、計画を説明した。そして彼女は申し出に応じてくれた。

もうすぐ実行の時間だ。彼女は傘をちゃんと忘れただろうか。わたしが今いるのは足立《あだち》区の綾瀬《あやせ》。彼女はここに暮らし、数駅離れたターミナル駅近くの会社に勤めている。世田谷《せたがや》に暮らすわたしはこの近辺に土地勘はまったくない。車を停《と》めているのは、どことなく下町風情を残す界隈《かいわい》だ。ここから少し先に見えるマンションが彼女の自宅で、もう少しすれば彼女の夫が出てくるはずだった。

容貌は詳しく聞いていた。だが、なによりの目印は傘だ。相手は派手な花柄の女物の傘を携えているはずだ。駅で待っている彼女に届けるためにだ。

雨に煙る通りにわたしは目を凝らして待った。

運転席に座るわたしは夫の普段着を着込んで男性に扮《ふん》している。顔にはマスク。頭には帽子をかぶり、髪をたくしこんでいる。

助手席にもわたしがいる。花柄の服に、わたしの髪と同じ色と長さのカツラをかぶっている。ただしこのわたしはなにもしゃべらないし、息もしない。マネキンだからだ。

どのくらいたっただろう。腕時計を確かめた。まだ待機して十分も経過していなかった。焦るな。必ずうまくいくと自身に言い聞かせた。

そのとき、マンションから男が出てきた。派手な花柄の傘だった。ターゲットだ。

男は道路に出ると背を向けて駅の方角に歩き始める。そこまで確認して、わたしはエンジンをかけると車のアクセルを思い切り踏み込んだ。

男の背中がみるみる近づき、次の瞬間、フロントの左側に衝撃が走った。そこでわたしは急ブレーキをかけた。

相手は傘を投げ出し、路上にくずおれている。すばやく降りて様子を確かめた。少しも動かない。即死だ。

わたしは車を急発進させ、表通りへ出た。表は先ほどの通りに比べて俄然《がぜん》明るい。そこで注意を引くために急ハンドルを切った。タイヤが音を立てる。車内はルームライトを点《つ》けているが一瞬のことだ。

舗道にいた数人がこちらに目を見張っている。それが後ろに飛び去った。計画成功だ。神様ありがとう。わたしはそのまま走り去った。


「死んでるだろ」

照りつける日差しの中、機動捜査隊の大河原がアメリに告げた。死体にかがみ込んでいたアメリが答えた。

「ええ、確かにね。瞳孔の反応も脈拍もない。生きていないのは確かだわ」

続けてアメリが尋ねた。

「さすがに今回は前田五郎じゃないわよね」

「ああ、女だからな」

「じゃ、この人、誰？」

「分からん。所持品はゼロだ。携帯電話もない」

大黒は二人の会話をそばで聞いていた。現場は東京郊外、奥多摩《おくたま》の雑木林だった。一本道の道路から横手に入った辺りに規制線が張られ、中で三十代の女性が絵に描いたように仰向《あおむ》けになっている。

「きれいな死体だろ」

大河原が告げた。

「ええ、きれいな死体ね。ちゃんとお化粧して。派手な花柄のワンピースは一張羅かしら。パンプスもそうみたい」

「着衣に乱れはない」

大黒は大河原の言葉の意味が理解できて答えた。

「暴行されたわけじゃないんだな」

「そうね。それに物取りの犯行でもないみたい。ざっと見ても死体に外傷はないわ」

「他殺じゃなきゃ、自殺か」

大河原が嬉《うれ》しそうに告げた。というのも死体というのは警察が扱う場合、自然死以外はすべて変死体となる。

特に自殺者の場合は原因や方法を調べて教唆者《きょうさしゃ》や幇助者《ほうじょしゃ》の有無を確認する必要がある。となると調べは大黒らの仕事だ。大河原は今すぐ事件を引き渡して引き揚げたいのだ。

「自殺は難しいわね」

アメリが答えた。

「この死体が南極や北極から瞬間移動したんじゃなきゃね」

「どういうことだ?」

大河原が確かめた。アメリは遺体のワンピースの裾をめくって太腿《ふともも》をあらわにした。

「ほら、鮮紅色の死斑が浮かんでいるでしょ。これは凍死の症状なの」

「この夏の盛りに屋外で凍死ってわけか? ありがたい太腿だな。これで次の仕事に向かえる」

大河原はアメリの初見を聞いて機動捜査隊の隊員に声をかけた。

「変死体だ。しかもとびきりの。ここからはサーカスの仕事だ」

アメリの初見はいつも正しい。大河原の声にぞろぞろと隊員が規制線から出て車に乗り込むと引き揚げていった。現場には大黒らと所轄が残された。

辺りを眺めながら大黒は苦い思いだった。また厄介な話になる予感が強くしていた。というのも規制線の外で待機している人物が人物だったからだ。

「さて森田さん、死体を発見したときの様子を詳しく聞かせてくれますか」

大黒は規制線の外に出ると尋ねた。すぐ前で捜査を楽しそうに見ている森田がいた。この事件も第一発見者は森田なのだ。

「ほほい、いいよ。わしはみんなと一緒にホラースポットツアーをしておったんじゃ」

「ホラースポットツアー、ですか？」

唐突な言葉に大黒は訊《き》き返した。

「ああ、都内の心霊スポットをミニバスで巡る一日コースなんだわ」

森田は背後を振り返った。少し離れて五人ほどの男女が固まっている。森田がいうツアーのメンバーらしい。

「ツアーはけっこう人気でさ。次回、次々回まで満員御礼だよ。弁当とビールがついてお一人様八千円プラス税。安いだろ？　わしはタダだけどさ」

森田の口調はどこか誇らし気だ。

「どうしてタダなんですか」

「そりゃあ、わしがこの企画のアドバイザーだからさ。おおい、足立旅行企画の人！」

森田は背後に声をかけた。離れて固まっていたツアーメンバーから一人の女性が大黒らの方におそるおそる近づいてくる。

「足立旅行企画ってのは綾瀬の方にあってさ。打ち合わせで何度かいったけど、あの辺りは昔からの東京だね。近くの稲荷《いなり》神社じゃ、学校が終わったちびっ子がいつも清掃活動をしてる。感心だね」

森田の話はいつものように脇道にそれていく。二人のかたわらにジーンズ姿の女性がきた。疲れたような様子で、目の下に隈《くま》がうかがえる。よほどショックだったのだろうか。横にきても軽く頭を下げただけで、なにもしゃべらなかった。

「こちら、前田七子《ななこ》さん。このツアーを主催する足立旅行企画の人」

森田が女性を紹介した。今回の前田は生きているようだ。生きている三十代。

「わしさ、『森田儀助の読むと恐《こわ》いぞ』ってブログをやってんの。けっこう、人気あんだよ。それでブログに前田さんから企画に協力してくれとメールがあって。だよね？」

森田の言葉に前田はうなずき、やっと口を開いた。

「ええ、夏場なんで怪談絡みの企画ができないかと思ったんです。でも、わたしはそっちの方面には疎くて。それでネットで森田さんのブログが人気なのをしって、添乗員も兼ねてガイドをお願いしたんです」

「そんなわけで今朝、東京駅の前に集合して将門《まさかど》の首塚、青山《あおやま》霊園と千駄ヶ谷《せんだがや》トンネルを回って、ここにきた。ここで弁当。この後、氷穴に寄って解散する寸法だったんだ」

森田はホラーに関してはネットの世界で名が通っているらしい。誇らし気なのはそのせいだろう。ツアーの経緯から始まった話がやっと現場に至った。大黒は質問した。

「ここも心霊スポットなんですか」

「ああ、ここは人肉雑木林ってんだ。この辺りは野犬が多くて、捨てられた死体が骨まで喰《く》われてなくなっちまう」

大黒は森田の言葉に辺りを見回した。幸い犬の姿は見当たらないが随分、物騒な話だ。弁当を広げて安全なのだろうか。

「危なくないんですか。こんなところで昼食の時間にして」

大黒の言葉に森田はにやりと笑い、前田七子を見た。

「恐くなきゃ、ホラー企画の意味がないだろ？　でも、まあ、安全第一ってことで、わしがまず見回りをした」

「ええ、野犬がいないか、念のために安全確認してくれとわたしがお願いしました」

森田の言葉を前田七子は肯定した。

「それで鈴を鳴らしながら少しここらを歩いた。熊が出るといかんしね。そしたら死体が出た」

いつもながら森田は特殊体質の人間らしい。どこにいっても死体に出くわすのだから。

「なるほど。経緯は分かりました。それで死体発見時にツアーメンバー以外に誰か見かけませんでしたか。あるいは変だなって思ったことは」

「誰も見なかったよ。変だなってことも特にないね」

「わたしも」

森田が告げ、前田七子も同意する。

「あの人なんですが」

大黒は規制線の中で倒れている死体の方を示しながら尋ねた。

「誰だか、ご存じですか」

「しらないね」

「わたしも」

再び森田と前田七子から答があった。そこへ規制線からアメリが出てきた。

「あ、森田だ」

「ああ、森田だよ。お姐《ねえ》ちゃん」

「またあんたが第一発見者なのね」

アメリは森田の存在だけで事の次第を理解したようだ。もはや遭遇することが驚きでもなんでもないらしい。アメリは大黒に視線を戻した。

「大黒、夏場の死体はサバよりも足が早いのよ。しかも屋外でしょ。そろそろ解剖に回していいかしら」

規制線の中の鑑識作業は死体から離れた辺りに展開され、周辺の捜査に進んでいる様子だった。

「ああ、解剖が終わったら連絡をくれ。本庁で捜査会議だ」

アメリは規制線の中に戻ると所轄の捜査員と話し始めた。指示を受けた捜査員らが待機していた救急車に遺体を運んだ。アメリが乗り込むと車は発車した。

「それじゃ、他のメンバーの方にも少しお話をうかがいます。その後は、とりあえず帰っていただいて結構です」

大黒は二人に説明した。森田がニコニコしながら答えた。

「ついてるねえ。ツアー初回から死体にぶつかるなんてさ」

数之は鑑識作業を続行している。大黒は聴取を始めた。


「大黒、お前も俺の足下をよく照らしてくれよ」

暗い穴の中で数之が告げた。大黒は現場検証を終えた数之を連れて、森田のいっていた氷穴にきていた。

現場から五百メートルほど先。小さな鍾乳洞《しょうにゅうどう》のようなものだが森田の話ではここに雪男が出るという。二人は懐中電灯で洞窟の中を進んでいる。

「大丈夫だろうな？　襲われて喰われるのは勘弁だぜ」

数之はおっかなびっくりの様子だ。アメリの初見によると女の死因は凍死。となると近辺にそれが可能な場所はここぐらいだ。女はここで死んだのだろうか。

大して進まずに洞窟の奥まできた。大黒は懐中電灯で辺りを照らした。途端にばさばさと黒い影が飛び去っていった。

「脅かすなよ、コウモリか」

数之が愚痴った。

「ここを鑑識捜査するのか。まったくこき使ってくれるもんだ」

ぼやきながら数之は自身と大黒が照らすライトの光を頼りに辺りを調べて回る。やがて数之が告げた。

「死んでた女の痕跡らしいものは、なにもないぜ。しばらくここには人がこなかった様子だぞ。第一、確かに寒いぐらい涼しいが、凍死するほどかな」

大黒も同感だった。冬なら凍死するほどの寒さになるかもしれない。しかし夏の今は服を着ていればしのげる程度に思える。

ここで凍死するには、よほどの時間が必要ではないか。山岳遭難のように濡れた体が冷え切るとしても数日、じっと動かずにいるしかない。

女はそれを目指していたのだろうか。だとしてなぜだ。どうしてここか。それに数之は痕跡がないと述べた。

「大黒、ここじゃない気がするぞ。おっと、なんだ、こりゃ？　動物の毛かな」

数之がなにかをビニールパックに収めると捜査を終える言葉を告げた。

「やっぱり凍死ね」

本庁の会議室でアメリが告げた。解剖が終わり、会議が始まったのは夕方近かった。

「死亡推定時刻は昨夜の午前零時頃。といっても急に凍死するわけじゃないから、数時間前から昏睡《こんすい》状態だったはずだわ」

アメリが解剖結果を説明した。

「外傷も毒物の検出もなし。ただ死体の爪に本人の物ではない皮膚片が残っていたの」

「真夏の屋外で凍死か」

大黒は溜息《ためいき》をついた。厄介な死体だった。死因もさることながら死体が誰であるかはツアー参加者の全員がしらなかった。

「それとあの女性、末期ガンを患っていたわ。余命数カ月ってところ」

アメリの情報で自殺の線も浮上した。末期ガンの痛みから逃れるために自身で命を絶つ線はあり得る。大黒はアメリに告げた。

「アメリ、自然死ではないだろうから自殺か他殺だが、どうしたら、あんな場所で凍死できる？」

「確かにカンカン照りの雑木林では難しいわね」

「森田の話で氷穴にいってみたが、あそこでも凍死するにはかなりの努力がいる。凍えて死ぬ前に餓死するだろう」

「相手をびしょ濡れにして外に出られないように入り口を塞いでいたなんてのはどう？　密室殺人の手口」

「ないぜ。あの洞窟は特に異常がなかった。雪男が立ちはだかっていたなら別だがな」

数之がアメリの推理を否定した。

「だったら昨夜だけ、現場付近がアルプス並みの寒さだったりして」

アメリの言葉に数之が告げた。

「お前の初見で気象庁に確かめたんだよ。雨も嵐も、当然だが雪もない」

「だったら液体窒素でも浴びたとか。あれならすぐに凍っちゃうけど」

数之が咳払《せきばら》いするとアメリに告げた。

「あのな、アメリ。今回は割合、話が早いんだ」

大黒は続く言葉を待った。なにかあるらしい。

「氷穴にも現場にも遺留品はゼロだ。窒素の痕跡もなかった。動物の毛があったがそれは今、鑑定中だ。ただし雑木林で下足痕が出た。26・5のスニーカー。サイズから男だろうな」

そこで数之はにやついた。

「問題は死んでいた女の下足痕がないことなんだ。死体はパンプスを履いていた。それと一致する物が出なかった。俺が思うに女は空から降ったか、地から湧いたんだ。宇宙人か、地底人ってとこだな」

数之の発言にアメリがうなずいた。

「花柄のワンピースの宇宙服っていうの？　可愛《かわい》らしいことね。残念だけど、あの女性はれっきとした人間だったわ」

アメリが続けた。

「つまり彼女が現場を歩かなかった以上、どこかで凍死した彼女を誰かがあそこに遺棄したといいたいわけね」

数之がうなずいた。

「大黒、他殺の線が濃厚じゃないか。所持品はゼロ。これは女の身元を明かさないためだ。自分につながらないようにな。そして現場は人肉雑木林、野犬に喰われりゃ、死体は消える」

確かに数之の推理は現実的だ。ただ分からない点が浮上したのも事実だ。

誰かが死体を遺棄した。それが他殺だとしたら、なぜあそこに遺棄したのか。

野犬に喰わせて隠滅しようと考えたのか。だが食べられる前に発見されれば事件は明るみに出る。事実、そうなった。

殺害方法が凍死なのも不可解だ。氷穴でなければ女性はどこで凍死したのか。そもそも、なぜ凍死なのだ。犯人は殺害方法を他に思いつかなかったのか。殺すのなら、もっと簡単な方法がいくらでもある。大黒には、どこかちぐはぐな印象が拭えなかった。

「で、どうする?」

数之が尋ねてきた。

「問題はあの死体が誰かだ」

大黒は二人に告げた。他殺か、あるいは事故死した遺体を遺棄しただけなのか。いずれにせよ、死亡していた女性が特定されなければ、事件の背景が見えてこないだろう。

「アメリ、死体の歯形は撮影したか」

「ええ、きれいな歯並び。虫歯もないし、歯磨き粉のモデルになれるわ」

「そいつを捜査一課に回して歯医者を潰していくしかないか」

大黒は捜査一課の協力を念頭に浮かべた。

「指紋は念のために照合するように渡してあるけど、なにかいってきた?」

まだ報告はない。捜査は長引きそうだった。女性がどこの誰かを明らかにするには日本全国の歯医者を潰すしかない。

この暑さの中、刑事達は靴をすり減らして聞き込みに当たることになる。むろん自分達もだ。うんざりする展開だった。公開捜査に踏み切るよう上申すべきだろうか。

「お揃《そろ》いだね」

ノックもなく会議室のドアが開くと機動捜査隊の大河原が顔を出した。パトロール明けなのか、真っ黒な顔をほころばせながらパイプ椅子に座ると続けた。

「どうだ？　なにか進展はあったか」

からかうような、含みがあるような口調だ。しかし数之の鑑識報告以外に判明したことはない。大黒は黙って首を振った。

「そうか。大変だよな、サーカスの仕事は。俺も常々、頭が下がる思いでいたんだ」

歯の浮くようなセリフを吐いて大河原はこちらを見回した。アメリが突っかかった。

「あんた、なにしにきたのよ。冷やかしなら出ていってよ」

「おっと、お言葉ですね。ご苦労されてる皆さんのために、ちょっとした情報をお持ちしたんですが、お邪魔なら退散するぜ」

大河原は嬉しそうにパイプ椅子から立ち上がる。

「情報ってなんだ」

大黒は引き留めた。大河原は仕事が嫌いだが噂《うわさ》話は大好きだ。話したくてうずうずしているのが丸分かりだ。

「ふふ。今回の事件は捜査一課が他殺の線で動き始めるみたいだぜ。楽をしたかったらあっちに任せたらどうなんだ？」

「なにかあったのか」

本来、厄介な変死体は大黒のチームの仕事だ。しかし捜査一課が動き出すと大河原は告げている。いつもと様子が違う。

「手紙だよ」

大河原は内ポケットから紙片を取り出すと大黒に差し出した。

「コピーを入手してやったぜ。今日、この手紙が警視庁宛に届いていた。消印から昨日、投函《とうかん》されたと判明してる」

大黒は手渡されたコピーを一瞥《いちべつ》した。以下のような内容が綴《つづ》られていた。

『突然、お便りして恐縮です。ですが私には大変な事態なので筆を執りました。というのも私は殺されるかもしれないのです。ですから、どうかこの手紙をイタズラなどと判断せずに最後まで読んで、大切に保管してください。お願いします。

私の名前は高砂和子《たかさごかずこ》と申します。世田谷区に住んでいる主婦です。夫の名は高砂一太郎《いちたろう》。もし私が死体で見つかったら、この夫が犯人です。

一週間前の七月三十日、私は夫の運転で足立区綾瀬に向かっていました。大学の同窓会の打ち合わせのために、同窓生の家に向かう途中でした。

夫には愛人がおります。私が留守のときには、いつもその女のところへいきますからその晩も予定していたはずです。

夫はすでに私に離婚をほのめかしていました。私が末期ガンで余命はわずかしかないのにです。このタイミングに平気で離婚を進める神経が私には理解できません。再婚するなら私が死んでからでもいいじゃないですか。

あの晩、夫に車で送らせたのも夫の無神経さが癪《しゃく》に障って、少しでも愛人のところへ遅くいかせるための意地悪でした。ところが目的地の近くにきたとき、夫は一人の男性をはねてしまったのです。

雨で視界が悪いのに、スピードを出しすぎていたのが原因です。愛人宅へ早く向かいたくて、気もそぞろだったのでしょう。事故を起こしたとき、辺りには誰もいませんでした。目撃者はゼロです。

夫は中小企業の経営者です。事故が公になったら仕事や再婚話に支障をきたすと考えたらしく、夫は事故を通報せずに、私に黙っていろと命じて、そのまま逃げることを選びました。

思えば、あの時点で私は警察に通報すべきでした。ですが夫の弱みを握ったと思った私は別れるのはいいとして、慰謝料を思い切りふんだくろうと考えました。夫を困らせるためでしたが、その判断が私を死に追いやる引き金になった気がします。

事故を起こしてからの夫は不気味な様子で、なにかをたくらんでいる気がしてなりません。私を殺して、ひき逃げの一件の口封じをしようとしているのではないかとさえ思えるのです。

夫がはねた方は亡くなったと新聞で報道されていました。すでに人一人を殺したと自覚している夫です。それが二人になっても大差ないと考えても不思議ではありません。

この手紙は本当にイタズラなどではありません。どうか信じてください。そして万一、身元不明の死体が出てきたら、私かもしれないと考えてください。最後に歯形から身元が判明するように住所と共に通っているクリニックを記しておきます。どうか捜査をお願いします。高砂和子』

コピーを読み終わった大黒は大河原を見返した。大河原がにやりと笑った。

「死んだ女の旦那だが、港湾で冷凍倉庫を経営してる」


翌日、捜査一課の刑事が手紙にあった歯科クリニックを当たり、死亡していた女性が手紙の差出人と同一であると判明した。

その時点で大黒は事件を引き渡すように上から指示された。一方、捜査一課は重要容疑者として、任意の形で死亡していた女性の夫、高砂一太郎の事情聴取に踏み切った。ひき逃げ事件に関して高砂の状況証拠が真っ黒だったかららしい。

大黒は凍死事件の担当を主張して取り調べに立ち会えるように要請した。しかし一課は難色を示し、結果、隣室のマジックミラー越しならと痛み分けとなった。

鏡の向こうで痩せぎすの男がパイプ椅子に座っている。四十代だろうか。首に金のチェーンをしている。いかにも伝法そうな様子だった。刑事が質問を始めた。思わぬ展開がそこから始まった。

「高砂さん、先週、足立区でひき逃げ事件があったのをご存じですか」

「しらないね」

「失礼ですが少し調べさせてもらいました。ひき逃げ事件の翌日、七月三十一日にそちらの車を修理に出されてますね」

「修理工場に出したのは女房だ。自分で運転していて電柱にぶつかったからってよ」

「奥さんですか。するとあなたは足立区にいってない？」

「俺は世田谷生まれの世田谷育ちだ。足立区なんて東京じゃない。そんな所に足を踏み入れるもんか」

「でもひき逃げ事件の現場近くであなたの車を見かけたという証言がいくつもあります。あなたが運転していて隣に奥さんが乗っていたと。そのときのあなたの服装が縞《しま》のサマージャケット、奥さんは花柄のワンピース」

刑事は聞き込み証言から書き起こしたのだろう、スケッチらしき紙片を示した。

「あなた、同じジャケットをお持ちですよね。ご近所の方の確認が取れていますよ」

高砂はスケッチを一瞥し、無言を通した。

「ひき逃げ事件の夜、奥さんは同窓会の打ち合わせのために、あなたが運転する車で足立区の学友のところへ送ってもらっていたそうじゃないですか。学友の方にも電話で確認がとれていますよ」

「同窓会だと？　初めて聞いた話だ」

「奥さんを送った後、あなたはいくところがあった。だから急いでいたんですよね？　それに雨で暗かった。だから前田五郎さんがマンションから出てくるところがよく見えなかった。違いますか」

おっと。やはりこの名前が出てきた。前田五郎はこちらで死んでいたのか。いつもよりも少しずれたかたちだ。ただ変死体を追いかけるたびに前田五郎がややこしいかたちで死ぬ点は変わりない。

「なんのことだが、さっぱり分からん。女房が死んだからはっきりいうが、俺はその夜、女のところにいた。疑うなら聞いてみてくれ」

「すると二人きりだったわけですか」

刑事が揶揄《やゆ》した。高砂は犯行を全否定している。しかし愛人と一緒だったという証言は信頼性に欠けるのは当然だった。

「変ですね。あなたの車の塗料がひき逃げ事件の現場にあったものと一致してますよ」

「俺は足立区なんかにいってない。あの晩はいつも靴箱の上に置く車のキーが見当たらなかったから電車で女のところへいったんだ。帰ってきたのは朝だ」

「その車のキーは出てきたんですよね。翌日、修理に出しているんですから」

「女房が見つけたんだ。靴箱の裏に落ちていたって」

「そうですか。奥さんは亡くなっているから、我々には事情がつかめないわけですな」

取り調べに当たっている刑事が高砂の弁明を揶揄した。

「その奥さんですが奥多摩の雑木林で凍死体で発見されたわけですよね」

高砂は無言だった。

「高砂さん、あなたはその晩、どこにいましたか」

「朝まで女の家だ」

「ふうむ。事件があるたび愛人と二人なんですね」

高砂はまた無言になった。きっと事件がなくても愛人と一緒なのだろう。

「あなた、東京港で冷凍倉庫を経営してますね。その倉庫はどんな仕組みになっているんですか」

「仕組み？」

「例えば錠前です。誰でも簡単に入れるものですか」

「倉庫は暗証番号によるデジタル式だ」

「なるほど。番号をしっていないと中に入れないんですね」

「作業員なら誰でもしってる」

「なるほど。誰でも使える。ただし関係者ならということですね」

「女房が倉庫で凍死したというのか。それで俺を疑ってるんだろうが、そいつはおかしい。女房も倉庫の暗証番号ぐらいはしっていただろう。だが番号をしっていれば閉じ込められても中から打ち込めば開く」

「その暗証番号ですが、デジタル式ですから自由に変更できますよね」

刑事の質問は自由に番号を変更できるなら、殺害後、再び元の番号に戻すことが容易なことも意味していた。それを理解して高砂は黙った。

「高砂さん、あなた靴のサイズは」

「26・5だ」

「奥さんの死んでいた雑木林は野犬が多いので有名なのをしってましたか」

「そんな話はまったくしらん。いいかげんにしてくれ。ひき逃げも女房の死も俺はまったく関係ない」

「そうですか。だったら一緒に無実を証明しましょう。あなたのDNAを採取していいですか」

捜査一課が任意の聴取に踏み切ったのはこれが目的だったらしい。アメリが採取した爪の皮膚片と比較するためなのだ。

「拒否する。あの晩は女の家にいくといったら珍しく女房が怒り出して小競り合いになった。それで爪で引っかかれたんだ」

そこまで告げると高砂は椅子から立ち上がった。

「これは任意だといったな。ここから先は弁護士を通じてくれ。俺は帰る」

取り調べに当たっていた刑事は立ち会っていた同僚に視線をやった。相手はうなずいている。捜査を続けていれば高砂のＤＮＡはなんらかのかたちで入手できる。そう考えてのことらしい。今や人間は歩くＤＮＡなのだ。

「綾瀬のひき逃げは、いずれ割れます。今の内なら出頭自供のかたちがとれますよ」

部屋から出ていこうとする高砂の背に刑事は声をかけた。

「被害者の奥さん、前田七子さんに頭を下げれば反省しているということで心証もよくなるんですよ」

大黒は最後の名前を反芻《はんすう》した。前田七子だと？　まさかな。同姓同名はこの世にいくらでもいるからな。

「ひき逃げ事件のことですが、被害者の奥さんは前田七子というんですか？」

大黒は綾瀬の所轄署に足を運んでいた。ソファで大黒の前に座る刑事が口を開いた。

「ええ、前田七子は被害者前田五郎の奥さんです。二人暮らしの夫婦でね。彼女、凍死事件の第一発見者だそうですね」

「ひき逃げ事件はどんな状況だったのですか」

「雨の夜でね。午後八時頃です。前田夫婦が暮らすマンションから傘を持って出てきた被害者がはねられたんです」

「傘を持ってですか」

「ええ、事情聴取によると奥さんは職場に傘を忘れてきたそうです。それで駅まで傘を持ってきてくれと旦那に電話で頼んだ。ついてない奴《やつ》ですね」

「ついてないというと？」

「前田夫婦のマンションは駅前から少しあるんですよ。だから普段は車で迎えにいくらしいんですが、事件の日に限って徒歩だった。運というのはこんなものですかね」

「どうしてその日は徒歩だったのですか」

「七子の話では、迎えにきてほしいと電話すると旦那は車のキーが見当たらないって答えたそうです」

「それで徒歩なんですか」

「奥さんは旦那がくるまで駅で待ってたんですが、あんまり遅いんで、仕方なくコンビニで傘を買って家に帰った。そこで旦那の事故死をしったんです」

確かについていない顛末《てんまつ》だ。出かける必要があるときに車のキーが見当たらない。トイレに入っているときに限って宅配便がくるようなものだ。人間の運はそんな些末《さまつ》な部分で左右されるのだろう。

そういえば高砂一太郎も同様に愛人宅に向かう際に車のキーが見当たらなかったと述べていた。奇妙な一致が大黒の脳裏に引っかかった。

「それで車のキーは見つかったんですか」

「ええ、なんでも家具の裏に落ちていたそうです」

こちらも似たような話になっている。

「ひき逃げの詳細は？」

「前田五郎は即死でした。雨の日の暗い道を猛スピードで走ってきた車に後ろからはねられたんですから当然ですね。現場には車の塗料やウィンカーの破片などが残ってました。本庁で照合してくれて助かりましたよ。現場の目撃証言がなかったもので手こずっていたんです」

刑事の説明がどこか曖昧な様子になった。大黒は違和感を覚えていた。

「すると前田をはねた車を見た人間はいなかった？」

「ええ、現場では。ですが表通りでは別です。路地から猛スピードで出てきて、走り去った車を舗道にいた数人の人間が目撃しています」

「それが高砂の車だった？」

「ええ。運転していたのは縞のサマージャケットの男。助手席には花柄のワンピースの女。高砂夫婦に通じます」

話の筋は通っている。しかし大黒は捜査員の説明にもどかしい思いを感じていた。

雨の日に車のキーが見当たらず、徒歩で駅に向かった前田五郎。そこへ高砂夫婦の車がさしかかる。愛人宅に早くいきたい高砂は暗い道を猛スピードで運転していた。ふたつの事情がついていない前田五郎の死をもたらした。

そう考えていいかもしれない。だがなにかがひっかかった。それがなにかは大黒にも把握できていなかった。

凍死事件を追う内にひき逃げ事件にでくわした。それは単なる偶然なのか。凍死していた高砂和子の現場にホラースポットのツアーで前田七子が現れる。そこに因縁めいた印象が拭えなかった。

大黒は凍死死体の現場で会った前田七子を思い出した。目の下に隈ができた疲れた様子だったのは旦那を亡くしたばかりだったからか。そこまで考えてふと疑問が湧いた。

前田五郎がひき逃げされたのは約一週間前だ。だが前田七子はすでにホラースポットツアーを主催して仕事に出ていた。旦那を亡くし、犯人が捕まっていないのに職場復帰とは早すぎないだろうか。

「前田夫婦なんですが、妻のために傘を持って駅まで迎えにいってやるなんて、かなり仲むつまじかったんでしょうね」

　大黒の言葉に刑事はかすかにうなずくと声を低くした。

「そこなんですがね。あんまり感心できる様子じゃなかったですね。事故後、近所に聞き込んだんですが、前田五郎はヒモのような夫でね。大した仕事もせずに、ただぶらぶらと嫁さんの給料を当てにして暮らしていたみたいなんですよ」

　刑事の言葉に大黒のもやもやはさらに濃くなった。

「ひき逃げ事件の当日はちょうど奥さんの給料日でね。ヒモの夫にしてみれば待望のお小遣いがもらえるわけです。それで車のキーがなくても、いそいそと徒歩で駅まで傘を持っていくつもりになったみたいですね」

　話がさらに厄介になった。前田七子が疲れていたのは凍死現場に遭遇したからではなく、夫婦関係によるのではないか。

「なにか匂いませんでしたか」

　大黒は刑事にひき逃げ事件に関して確かめた。

「ええ、少しは匂いました。それで念のために裏を取ったんです。確かに前田七子は駅のコンビニでビニール傘を買っている。同時刻のレシートを七子は持っていました」

　つまり前田七子には確実なアリバイがあることになる。

「駅のコンビニで前田七子はどの傘がいいか、取っ替えひっかえ、確かめたそうです。ビニール傘なんかどれも同じなのに、しつこい客だなと店員が記憶していました」

大黒は本庁に戻ると自身のデスクでしばらく思案した。どうにももどかしいが、これといった推理が浮かばない。

話の筋は確かに通っているのだ。だが些末な部分がどうにも納得がいかない。

指示通り、事件を捜査一課に渡してもいい。だがそうなると大黒らのチームは蚊帳《かや》の外に置かれる形となる。そう考えると、なぜか大黒には歯がゆい思いが湧いた。

「捜査一課が動き始めたそうだな」

デスクで片肘を付いていると数之がやってきて告げた。

「どう思う？　空中ブランコなのか」

数之の問いに大黒は答えた。

「匂うんだ」

「俺はまだ加齢臭はしないぜ」

大黒は無視して続けた。

「ひき逃げと凍死事件が偶然つながったとすれば、かなり濃い偶然に思える」

「偶然に濃いとか薄いとかがあるのかね」

「偶然も煮詰まれば必然なんだ」

　大黒はそこまで告げて数之を見た。

「高砂和子の旦那がひき逃げしたのは前田五郎。その妻である前田七子が高砂和子の凍死死体の現場に居合わせる」

「濃いといえば濃いな」

「二人の夫は事件の際にどちらも車のキーが見当たらなかったそうだ」

「いつだってそうさ。必要な物は必要なときに限って、なかなか見つからないからな」

「それに、なぜ手紙なんだ？　命の危険を感じたら警察にいく方が自然じゃないか？」

「だけど、わたし殺されそうな気がします。そうですか、だったらご主人を逮捕しましょうってわけにはいかないぜ。相手にされないと分かっていたんじゃないか」

「だとしても信頼できる友人か誰かに、なにか漏らしていてもいいはずだ」

「待った、大黒。高砂和子の身辺を洗うのはまずいぜ。捜査一課が旦那をひき逃げ犯と妻殺しでしょっぴこうとしているところだ」

　確かに数之の言葉には一理ある。変死体は凍死と判断され、事故か他殺の線に絞られた。捜査はそこから二つの事件にまたがる犯人の検挙へと移行しているのだ。

　一課は高砂一太郎に怪しまれないように極秘裏に調べを進めているだろう。そこへしゃしゃり出ていけば、叩《たた》き出されるのは目に見えていた。大黒もそこが頭の痛いところだったのだ。

「ひき逃げ事件は約一週間前の七月三十日、雨の夜に起こった」

「凍死事件は昨日だな」

数之は大黒が調べの糸口を求めようとしていると理解して補足した。

「ひき逃げの夜、世田谷区在住の高砂和子は夫の運転する車で足立区へ向かっていた。そして旦那が前田七子の夫、前田五郎をはねた」

「高砂夫婦は世田谷区在住、前田夫婦は足立区在住。都内とはいえ、端と端だ。通常なら接点はないよな」

「確かに普通なら出会うことはない。むしろ離れた町に暮らす二組といえる。なのに高砂和子はひき逃げ事件の夜、足立区に向かっていた」

「こりゃ、偶然だな」

「高砂和子が足立区に向かったのは大学の同窓会のためだと手紙にある。唯一の接点はこれだ。捜査一課は電話で確認したらしいが、もう少し詳しく話を聞きたい」

「そこいらをつつくだけなら、一課も目くじら立てないだろうぜ」

「問題はその相手をどう調べるかだが、一課は漏らさないだろう」

「それなら分かる気がするぜ」

「しっているのか？」

「さっき、捜査一課の刑事が驚いてた。高砂和子はＴ大医学部出身だそうだ」

刑事が驚いたのも当然だろう。ただの主婦ではなく、最高学府の医学部出身なのだ。

「するとＴ大の総務関係に聞き込みするか」

大黒が腰を上げかけた。そこへ数之が述べた。

「おいおい、大黒。忘れちゃいないか。アメリはＴ大医学部だ」


足立区綾瀬の先にある産婦人科の女医。それが高砂和子が会うはずの相手だった。アメリに打診した結果、最近のＯＢ会名簿のコピーが入手できた。

むろん高砂和子も記載されており、同期の卒業生を絞り出すのは容易だった。訪れた先はこぢんまりした病院に併設された日本家屋。時代がかった様子から代々、産婦人科を営む家系らしい。

「先輩ですね？　お忙しいところ、すみません。お電話した栗栖アメリです。こちらは警視庁の大黒刑事」

聞き込みにはなぜかアメリがついてきた。名簿のコピーを渡すかわりに、同伴することを交換条件にされたのだ。

「わたし、聞き込みってのを一度やってみたかったのよ」

道すがらアメリはそう漏らしていた。おそらく解剖室に閉じこもっているのに飽きたのと、捜査に首を突っ込みたい思いがあるのだろう。

「さっそくですが、先輩は高砂和子さんと七月三十日に同窓会の打ち合わせをする予定だったんですよね」

案内された応接室で、まるで自身が捜査員のように、アメリは挨拶もそこそこに話し始めた。向かいのソファに座る産婦人科医が口を開いた。

「あなたが栗栖アメリさん？　卒業年度は違うけど、噂は聞いてるわよ」

そこで女医はかすかに微笑《ほほえ》んだ。

「あなた、T大キックボクシング部の部長よね。男性部員よりも強くて、ずっとレギュラーだったんでしょ？」

アメリは大学で伝説の人物だった様子だ。相手に自身を把握されていては聞き込みもなにもあったものではない。

「体育大学との決勝戦で相手を気絶させちゃったんだって？　騒ぐ相手を向こうにして大丈夫、わたしは医学部だからって意識回復させたんだってね。噂通りに元気なのね」

アメリも先輩の前では形なしらしい。照れくさそうに舌を出した。

「それで高砂和子さんについて訊きたいのよね」

女医はアメリが刑事を伴っていることから聞き込みであると理解したのか、話を自身から進めた。

「彼女、亡くなったんだって？　残念ね」

つぶやくように述べた女医だが口調はしんみりした様子ではなかった。続いて最初の質問に答えた。

「警察からも電話があったけど確かに同窓会の打ち合わせをするはずだったわ」

アメリは先輩が極めて協力的であることに気を取り直して続けた。

「同窓会の話はどちらから？」

「高砂さんよ」

「どんな会にしようといってました？」

「さあ、会ってから考えようって彼女はいってたわ」

「いつを予定していたんですか」

「それも会ってからだって」

「先輩の卒業年度はよく同窓会を開くのですか。わたし達はないんですが」

「こっちも、おそらく初めてじゃないかしら。卒業して十年以上になるけど」

女医は続けた。

「あなたも医者だから分かるでしょうけど、医者はそれぞれ忙しくて、うまく時間が合わないでしょ。同窓会は難しいんじゃないかって答えたのよ」

「高砂和子さんはそれが分かっていたんですか。なのになぜ同窓会を開こうなんて思ったんでしょう？」

「どうしてかしら。結局、会わずじまいだったから、よく分からないわ」

女医の説明にはどこかまどろっこしさがあった。暖簾《のれん》に腕押し、糠《ぬか》に釘《くぎ》。押しても返ってくる手応えがない。

「先輩、高砂和子さんはどんな人物だったんですか」

「どんな人物っていわれてもね」

「だって一緒に同窓会を企画する仲だったんですよね」

「仲ってもんじゃないわよ。突然、電話があったのよ。同期生の高砂だけど同窓会を開きたいから打ち合わせにいっていいかって」

「すると学生時代からのお知り合いじゃないんですか」

「顔を見たことがあるくらいだわ。とにかく会おうって強引なのよ。最初はなにかのセールスかと思ったぐらい。それで名簿を調べ直して、ああ、そんな人がいたなって分かったけれど」

「それで打ち合わせは？」

「そのままよ。くるっていうから時間を空けておいたのに、当日の夜九時頃に突然、急用ができたからキャンセルするって電話でいってきたの」

「すると改めて仕切り直しをしたんですか？」

「まるでなしよ。電話一本なかったわ」

「その後はなんの連絡もなかったんですか」

「ええ。高砂さん、変わった人だったようね。ま、我が母校、特に医学部の卒業生は変わった人間しかいないけれどね」

女医はそう告げると再びアメリに微笑んだ。


捜査一課は高砂一太郎の検挙に向けて調べを進めているようだった。ここまで状況証拠が重なれば、ひき逃げ、凍死のいずれかで物証が出ると踏んでいるのだろう。確かにそうなるのが通常だった。

だが大黒は高砂和子の行動がひっかかっていた。同窓会の打ち合わせは一見、ごく自然だ。だから捜査一課も深くは追及しなかったのだろう。

しかし詳しく聞くと強引な話だ。同窓会を開くために女医にアポイントを取ったのではなく、まるで足立区に向かうために女医を選んだ様子に思えた。

「浮かない顔だな」

二日ほど過ぎた昼下がり、大黒は本庁の食堂でコーヒーをすすっていた。そこへカレーライスをトレイに載せた大河原がやってきた。

「サーカス方面の調べは捜査一課に譲って楽ができてるんじゃないのか？　なにを不景

気な顔してるんだ」

大黒は黙って首を振った。どうにも細部に納得がいかないが、それを大河原に説明しても始まらないだろう。

「一課は昨日、家宅捜索したらしいぜ」

噂好きの大河原は聞かれもしないのに話し始めた。

「高砂の検挙がまだ決定打にかけるんで、一課はあくまで凍死していた変死体の線で高砂の自宅と港の倉庫を調べたそうだ。向こうの弁護士はそうとう抵抗したようだが殺人容疑ではなく、変死体の調べだから了承するしかなかったんだとさ」

大河原の口調は嬉しそうだった。事件に接する捜査官というよりもゴシップ好きの野次馬そのものだ。

「それでなにか出たのか」

「出たね。まず家宅捜索で毛髪だ。むろん高砂一太郎の毛根付きを狙ってたんだがな。そいつが凍死していた高砂和子の爪にあった皮膚片とＤＮＡが一致した」

捜査一課は高砂和子が倉庫で凍死する際に抵抗して夫の皮膚片を爪に残したと推理しているのだろう。

だが夫の一太郎は出かける前に小競り合いがあってひっかかれたと証言している。どちらが正しいかは判断しづらい。

「それと倉庫からも毛髪が出た。科捜研が鑑定したが、こっちは和子と一致した」

これはかなりの物証だ。毛髪は高砂和子が倉庫に閉じこめられたことを意味する。つまり和子は確かに倉庫で死んだのだ。

偽装のために誰かが毛髪を置いた可能性もあるが少なくとも一太郎の仕業ではない。わざわざ疑われる行為をする必要はないし、他の場所や方法で凍死させたなら、そもそも偽装などしないだろう。

だとしても、まだ犯人を一太郎と断定することはできない。本人の犯行を示す痕跡がなければ、犯人は別にいると白《しら》を切ることができる。

「残念ながら倉庫には防犯カメラがなかった。そこがまだどんぴしゃりじゃない。倉庫に和子を閉じ込める様子や倉庫から死体を運び出すところが映っていれば一丁上がりなんだがな。一課も苦虫をかみ潰してるぜ」

大河原はそこまで話すとカレーライスに匙《さじ》を伸ばした。

「ま、たまには苦労したらいいんだよ。毎度、毎度、事件のたんびにこっちを叩き起こすんだからな。今日もそうさ。大した話でないのに緊急出動させられた」

大河原の愚痴が続いた。

「俺達を使い走りかなにかかと思ってるのかね。まったく機動捜査隊の仕事は時間が不規則でかなわない。やっと昼飯だぜ」

大河原はカレーライスを頬張った。大黒は音を立てて席を立った。

『もしもし、森田さんですか。警視庁の大黒ですが』

『ほいほい、あんたかね。どうしたい？』

『聞きたいんですが、今回のツアーの企画はすべて森田さんが立てたんですか』

『いや、足立旅行企画と相談してだよ。どこを巡るか、いくつか持っていった候補から前田さんと二人で選んだ』

『するとスポットを巡る順番もですか』

『ああ、そうだ。どこから始めてどこで終わるかはバスの都合もあるからね』

『都心から奥多摩に足を延ばすことにしたのはどちらの意見だったのですか』

『さて、どっちだったかね。集合に便利な場所と出かけるスポットを照らし合わせると、あんな風になった気がするね』

『それで人肉雑木林が昼食場所になったんですか。どうしてあそこなんです？　野犬が出るのに危なくなかったのですか』

『困ったことを聞きなさんなよ。それは内緒なんだ』

『内緒？』

『仕方ないね、あんたたからいうけど、危なくなんかないんだよ』

『どういうことです？』

『あそこで野犬が死体を喰ったってのは昔の話だよ。いつの間にか尾ひれが付いて都市伝説になってるんだよ。今は野犬なんかいないのさ』

『だけど森田さんは辺りを見回ったんですよね？』

『パフォーマンスさ。お客さんはみんな恐いもの見たさで参加してる。大丈夫です。本当は安全ですなんてネタをばらしちゃ興ざめだろ』

『その話は事前に前田さんもしっていたんですか』

『ああ、話したよ。だってツアーはなにより安全第一だからね。この話、内緒だよ』


『もしもし、アメリか？』

『なに？　今、冷たいのを切ってるところなんだけど』

『聞きたいんだが、女ってのはいつでもきれいでいたいものなのか』

『時と場合によるわよ。家で一人のときまで気張ってられないもの。きれいでいるってエネルギーがいるのよ』

『注目の的になると分かってる場合は？』

『お出かけってこと？』

『ある意味で』

『だったらすっぴんてわけにはいかないわね』

『屋外の死体が腐敗するのはどのくらいの時間がかかるんだ？』

『ああ、こないだの死体？　盛夏の場合は早いわ。二、三日で蠅《はえ》やウジにたかられて、溶けた体がぐずぐずになったところをきれいに舐《な》められておしまい。白骨化まで二週間ぐらいね』

『だがすぐに発見されればきれいなんだな』

『あの死体は凍死だからね。撲殺だったら頭が割れるだろうし、刺殺なら血だらけ。絞殺なら失禁したり、目玉が飛び出す。毒物を使えば嘔吐《おうと》するけど』

『凍死ってのは痛いのか？』

『痛くはないわね。寒いだけ。それに眠い』

『今の話は医学を学んでいれば常識か』

『学んでなくても本で調べればすぐに分かるわよ。もういい？』

『忙しいところ悪かった』

『あっ』

『どうした？』

『なんでもないわ。どうせ死んでるんだし』

ぶぶぶ。頭の中で熱い風が吹いている。そして風が告げていた。高砂和子は化粧して一張羅の服と靴を身にまとって凍死していた。痛くなく、きれいな死に方だ。加えて凍死でなければならない理由があった。夫に嫌疑をかけるためだ。

問題はそこから先だ。どこで誰に遺体を発見してもらうか。

倉庫で見つかったのでは夫の犯行に見せかけられない。どんな間抜けでも自身が経営する倉庫に殺害した相手をそのまま放置しないだろう。ミートソースのスパゲティを食べて口元をぬぐわないでいるようなものだ。

自身の死はあくまでも他殺でなければならないのだ。だから通常の犯人と同じ行動を取る必要がある。死体の後始末。処理するか、遺棄するかだ。

今回は処理を選ぶわけにはいかない。薬品で溶かされたり、土中に埋められたりでは死体を発見してもらえない。夫を犯人にするには死体を見つけてもらう必要がある。できるだけ早く。きれいなままで。

残念ながら死んでしまえば自力で移動することは不可能だ。となるとどうしても協力者が必要になる。

犯罪の片棒を担ぐ行為だ。どこの誰が手助けしてくれるだろうか。そう考えた高砂和子は、ある結論に達する。こちらが手助けすれば向こうも手を貸してくれるような相手を探そう。

こうして夫の不倫に業を煮やす高砂和子とヒモのような旦那に疲れていた前田七子は出会った。どこでどうやってかは分からないが、磁石は引き合うものなのだ。

〈あなたの旦那さんを殺してあげるから、わたしの計画に手を貸して〉

〈いいわよ、わたしも今の生活に飽き飽きしているの〉

こんな言葉を二人は交わしたのではないか。

〈それでわたしの死体の発見場所なんだけど、どこがいいかしら。できるだけきれいなままで見つかりたいんだけど。あなた、旅行を仕事にしてるでしょ。名案はない？〉

〈そうね、いかにも死体を遺棄しそうな場所じゃないとね。だったらそんなところを巡るミニツアーはどうかしら。わたしがあなたの死体を遺棄しておいて、そこへツアー客を誘導するの。第一発見者は参加者の誰かにするのはどう？〉

こうしてまず前田五郎が傘を届けにいく途中でひき逃げされた。確かについていない最期といえるだろう。

そして高砂和子はきれいな死体で発見された。警察への手紙で夫を二つの事件の犯人にでっち上げて。

大黒はそこまで推理をまとめた。これが正しければ高砂和子と前田七子には必ずやり取りした痕跡があるはずだ。

どこまで計画を詰めていたにせよ、実行までにアクシデントは否めない。自身が動けなくなる場合もあるだろうし、極端な場合、狙う相手が死亡することも考えられる。

しかし二人にとって幸運なことに（狙われた相手にとっては、ついていないことだが）そうはならなかった。そして人肉雑木林に森田儀助が現れた。

「数之、鑑識の仲間から情報を聞き出すことができるか」

食堂を出て森田やアメリに電話した後、脳裏に熱風を感じながら大黒は鑑識の部屋にいる数之を外に呼び出した。

「偶然がかなり煮詰まってきた様子なんだ」

「そいつはまた手間をかけさせてくれるな。今回の一件は捜査一課のヤマになってるんじゃないのか」

「奴らは山に登ってるんじゃない。谷に下ってる」

「おっと。遭難の典型例だな。それでなにを調べたいんだ」

「死亡していた高砂和子のパソコンと携帯の通信履歴だ。そこに前田七子に連絡した様子がないか調べたい」

「二人が仲良しこよしだったかどうかってことなんだな」

前田七子の携帯の番号は死体発見時の聴取で入手してある。二人になんらかのやり取りがあれば自身の推理は裏付けられる。大黒はそう踏んでいた。

「分かった。しばらくかかるぜ」

必ず接点はある。もし二つの事件が計画的なものだったとしたら、なんらかのかたちで連絡を取り合う必要があるのだ。

だが翌日、数之が入手してきた情報は大黒の推理を裏切っていた。差し出された紙片は領収書だった。

「これ、お前が経費で落とせ」

数之がつまんでいたのは日本橋の鰻屋《うなぎや》のもので合計三万円を超えている。大黒は仕方なく財布から紙幣を取り出した。

「特上を喰ったのか」

「ああ、夏だからな。精をつけないと」

「それで」

「ないね。同僚に胆《きも》焼きまで喰わせて情報を聞き出した。それで調べたんだが高砂和子の契約していた携帯電話会社、ネットのプロバイダー、どちらにも前田七子へ連絡した履歴はなかった」

「町のネットカフェかなにかはどうなんだ」

「前田七子の携帯の番号は分かっている。そっちの方も電話会社に確かめたが不審な履歴はない。匿名でどっちがどっちに連絡しても形跡は残る」

「会社でメールを受け取っていたらどうだ」

「おいおい。殺人計画を会社でやりとりするのか」

「なんにもないのか」

「ない。ＳＮＳや無料の掲示板も照らし合わせたが共通するものはない」

「接点があるはずなんだ。なんらかの」

「さてな。パソコンでも携帯でもないなら、電報か伝書鳩《ばと》じゃないのか」

「今回の事件はひき逃げも凍死も高砂和子と前田七子が示し合わせたはずだ」

「そうか。すると二人はテレパシーが使えたんだな」

推理が正しければ高砂和子と前田七子はいわゆる交換殺人に近い犯行に至った。となればできるだけ接点がないように振る舞うだろう。

しかし本当にそうするわけにはいかない。必ず、特別な事態を想定した連絡方法があるはずなのだ。

「前田七子の最近の行動確認をしたい」

「俺に付き合えというのか」

「二人にはなんらかの連絡方法があったはずだ。それを発見すれば物証の鑑識捜査がいることになる」

「なんらかの連絡方法ね。そうだ、糸電話ってのは？」

足立区綾瀬に近いターミナル。その裏手にある雑居ビルの一室が前田七子の勤める足立旅行企画だった。森田に聞いた通り、昔ながらの下町風情が残る界隈だった。

午前中に前田七子のマンションの住人に聞き込みをしてあった。しかし七子は会社と家を往復する毎日で近隣とは親しくしていなかったという。人となりは聞けなかった。

残されたのは七子が勤める旅行会社だった。大黒は森田を使って前田七子を近くの喫茶店に呼び出してもらうことにした。これからのツアーをどうするか相談したいとの名目にしてもらった。

森田にはできるだけ粘ってもらうように頼んだ。その間に会社の同僚に前田七子の最近の様子を聞き込むのだ。

「前田さんのことですが」

足立旅行企画は十数人で切り盛りするこぢんまりとした会社だった。大黒はその中の同僚である女性に当たるつもりでいた。特に中年で話好きそうな様子の。そこで目星を付けた相手が話に乗ってくるようにと持参した紙袋を差し出した。

「あら、悪いわね。青山のトップハットの洋菓子じゃないの」

紙袋に印刷されたロゴは有名店の物だ。でなければ誘い水にならない。

今回の調べはなにかと出費がかさむ。なんとか解決しなければ自腹を切る羽目になる。

「前田さんがこの女性と一緒だったところを見かけませんでしたか」

応接ソファに案内されて大黒はまず高砂和子の写真を相手に示した。しばらく眺めていた女性は首を振った。

「他の人にも回す？」

中年女性は緊張とは無縁だ。およそフランクな物言いしかしない。うなずいた大黒に女性は写真を掲げるとフロアにいた社員らに告げた。

「みんな、今から写真を回すわ。この人を見かけた憶《おぼ》えがあったら教えて」

女性から高砂の写真がフロアを一巡していく。しかし誰もなにも反応せず、手元に戻ってきた。落胆するほどではない。そう簡単に話が進むとは思っていなかった。

「ここ最近、前田さんに変わったことはありませんでしたか」

改めて大黒はソファで尋ねた。前に座る女性はしばらく考えた。

「どうかしら。旦那さんが亡くなったのは別として後はいつも通りだけど」

「特別なことでなくてもいいんです。ほんの些細なことでも」

「そういえば明るくなったわね」

「明るくですか」

「だろうな」

横に座る数之が口をはさんだ。

「彼女の旦那はヒモみたいだったんだろ。妻の給料を当てにして暮らすような」

「あら、しってるの？　そうなのよ。仕事もせずにパチンコ三昧《ざんまい》。わたしがこんなこというとなんだけど」

「だったら俺が代わりにいってやるさ。長年の憂さが晴れたってことだ。一週間の便秘以上のな」

「あら、やだ」

数之の下品なセリフに同僚は笑った。下ネタが嫌いではないらしい。

「働いた金を巻き上げるヒモがいなくなったんだから、すっきりして当然だよな」

「そんなところかしらね」

「人間、腹の中がすっきりすれば、今度はどこかで腹を満たすもんだ。遊びにいったり、飲みにいったりしてさ」

「どうかしら。彼女、お酒は駄目だから飲みにはいかないでしょうね」

「だったらメシだ。馬みたいに喰って馬みたいに出す」

「もう、下品ね」

同僚が笑った。

「でもね。前田さん、倹約家だから外食はしないと思うわ。今までできなかったから、まず貯金だっていってたわよ」

「ってことはだ。便秘解消に向けてヨガに通い始めてないか。同じ便秘仲間ができた。お互いすっきりを目指してるなんてさ」

前田七子がなにかのサークルに参加していたら高砂和子との接点が浮かぶかもしれない。数之はそう考えたようだ。

「特に聞いてないわ。彼女、真面目《まじめ》一辺倒で、遊びらしい遊びはしないもの。唯一の趣味といえるのは読書。家に帰ってご飯を作って掃除と洗濯。それからやっと一人の時間だって話してたわ」

「読書ね。どういった方面かね。この頃はネットでポルノが買えるから女性読者が増えてるって聞いたぜ」

「またまた、もう。ネットではないでしょうね。前田さんちにはパソコンはないみたい。彼女、ひどい機械音痴なのよ。仕事の企画書も未《いま》だに手書きだもの」

高砂和子と連絡を取る方法は数之が調べた携帯でもパソコンでもないようだ。だが前田七子は森田のブログにコンタクトしたと述べていた。となると話が矛盾する。

「あのよ。今回の心霊スポット巡りは人気みたいだよな」

数之がそこに探りを入れた。

「そうなのよ。なにが当たるか分からないものね。彼女に頼まれてホラーで有名なブログを探して、メールもわたしがしてあげたんだけどね。事件になって中断してるけど会社はすぐにでも再開したいんで対策を考えてるみたい」

「頼まれ事で大当たりか。そいつぁ、前田嬢になにかご馳走《ちそう》してもらわないとな。翌日、すっきり出せるのがいいだろうがな」

「はいはい、コンニャクでもご馳走になるわ」

「それでだ。今回の企画はいつ頃、始まったんだ？」

「彼女の提案があったのは一カ月ほど前かしらね。それでアドバイザーと話を詰めて、募集を始めたのは半月ほど前よ。向こうのブログでも告知してもらったら、あっという間に定員が集まったわ」

同僚の説明から推測すると高砂和子と前田七子が計画を始めて実行に移すまで半月。ツアーがまとまり、先に進められるとの情報は、なんらかのかたちで高砂和子に伝わっていなければならない。

必ず二人は接触しているはずだ。だがその接点がつかめなかった。数之はとぼけた様子で糸口を求めて話を振り出しに戻した。

「前田嬢はホラーに詳しくないんだな。だったら、どうして心霊スポット巡りを思いついたんだ？　なにかいってなかったか。オバケは便秘に効くのかい？」

ツアーの企画に関しては高砂和子との意見交換の結果だろう。一カ月前の提案の際になにか漏らしていれば、そこから手がかりを得られないかと数之は考えたのだ。

「わたしも不思議だったわ。恐がりの彼女があんな企画を出すとは思わなかったから」

「前田嬢は恐がりだったのか」

「ええ。オバケのオの字も聞きたくないってタイプなの。雨の日の柳の下も、夜更けの寺の鐘も勘弁だって」

「ヒュードロロは苦手か。人糞《じんぷん》じゃなくて、恐怖を腹にため込んでいたんだな」

「だははは」

同僚は声に出して笑うと続けた。

「とにかく恐がりの彼女は今回の企画もあって相当に信心深くなったみたい」

「信心だ？」

「そうなの。会社の帰りに近くのお稲荷さんにお参りしてるのをよく見かけたもの」

大黒は聞き込みが終わったことを森田に連絡した。前田七子を解放してよいと。そして数之と神社に足を向けた。

前田七子の変化は唯一、信心深くなったことだけだ。手がかりといえるものかどうかは判然としない。しかしそれしか確かめるものはなかった。

話に聞いた神社は足立旅行企画から駅までの間にあった。地元の稲荷だろう。可愛らしい境内の横手に社務所が控えている。

「すみません。この女性をご存じですか」

大黒は社務所にいた宮司《ぐうじ》らしい人物に前田七子の写真を示した。

「ああ、この女性ね。しってますよ。夕方の人だ」

「夕方の人？」

「ええ、一カ月ほど前から毎日といっていいほど夕方においでてね。だから夕方の人」

前田七子が信心深くなったのは確からしい。相当に心霊スポット巡りが恐かったのだろう。そこまで考えて大黒はふと疑問を感じた。

本当に恐かったのだろうか。そのためのお祓《はら》いなのか。だとすれば、どうして地元の小さな稲荷なのか。

森田はツアーの最初が将門の首塚だと話していた。心霊スポットの中ではもっとも祟《たた》りそうな場所だ。大黒はトンデモ本の愛読者である数之に確かめた。

「数之、将門の祟りをお祓いする神社ってのはあるのか」

「そいつは神田明神《かんだみようじん》だ。創建当時から将門の慰霊を担ってきたぜ」

将門の祟りは門外漢の自身もしっている。祟りを本気で恐れていたなら、そちらに通うはずではないか。大黒は改めて宮司に尋ねた。

「この女性は夕方やってきて、なにをしてましたか」

「そりゃ、お参りですよ。お賽銭《さいせん》投げて柏手《かしわで》打って。なにか願掛けされてたんでしょうが叶《かな》ったみたいです」

「叶ったというと」

「ここしばらくはおいでないですからね」

心霊スポット巡りは中断しただけだ。大人気で会社も継続するつもりだと先ほど聞いた。とすればお祓いが目的なら続いていなければ変ではないか。

つまり前田七子がこの神社にきたのは、ただのお参りのためではない。なにか別の目的があってではないか。大黒は質問を重ねた。

「お参り以外になにか変わった様子はなかったですか」

「さてね。特に変な様子は」

「こちらの女性はどうですか」

大黒は高砂和子の写真を宮司に示した。

「ああ、しってますよ。こちらの方は朝の人だ」

「朝？」

「ええ、ここ一カ月ほど毎日、午前中にお参りにみえられましたね。だから朝の人」

接点が見つかった。この神社だ。高砂和子と前田七子はここでなんらかの接触を持っていたに違いない。だがなにをどうやってなのか。

「二人が一緒だったことはないですか」

「ないと思いますね。朝の人は午前中。夕方の人は夕方。どちらもお参りは別々の時間ですからね」

高砂は朝の人。前田は夕方の人。どちらのお参りも時間帯は別々なのだ。だが、ここが接点とすれば理解できる。

会社員の前田七子は毎日、職場に出る必要がある。しかし主婦の高砂和子は時間に余裕がある。連絡を取るのは和子がこちらに出かけてくる方が便利だ。

だが、ここで二人は朝と夕方、どんな連絡を取ったのか。大黒は神社を見回した。昔、駅にあったような伝言板は見当たらない。

「さて、よろしいかな。少し書き物があるんでね」

そう告げると宮司は奥へ引っ込んだ。大黒は考えた。二人はこの神社のどこかに付け文をするか、手紙を隠していたのだろうか。

しかし宮司はお参り以外に変な様子はなかったと述べた。一カ月の間、頻繁にそんなことをすれば気が付かれるだろう。

「ほおおい、お二人。あんたらもお稲荷さんにお参りかい？」

声をかけてきたのは森田だった。見ると数人の子供と連れだっていた。

「喫茶店を出たら、この子らに会ってね。それでこれからお稲荷さんの清掃活動だっていうから、わしも手伝ってやろうと思ってね」

「森田さん、箒《ほうき》とちりとりはこっちだよ」

森田とはすっかり顔馴染《なじ》みらしい。子供達は宮司に声もかけずに社務所の横手にいく。馴れた様子で物置を開けると清掃道具を取り出し始めた。

「それでどうだい？　なにか成果は上がったかい」

森田が箒を受け取りながら尋ねてきた。大黒は首を振った。

「そうかい。そりゃあ、残念だね。だったらあんたらも掃除を手伝いな。御利益があるかもしれん。おおい、箒をもう二本」

森田の言葉に子供の一人が大黒と数之に箒を手渡してきた。成り行きで二人は清掃を手伝うことになった。

「森田さんとお友達。ゴミを掃いたら、ここのゴミ箱に捨てるんだよ」

子供の一人が得意そうに三人を境内のゴミ箱まで連れていく。

「今日はいけない女の人はきてないな」

ゴミ箱を覗《のぞ》いた子供がつぶやいた。その言葉に大黒は何気なく聞き返した。

「いけない女の人？」

「うん。その女の人、おみくじを引くとあそこで別の人のおみくじを取っちゃうの」

子供が社務所を指さした。ガラス窓の前におみくじの箱がある。その横に木枠へ針金を渡した桟が設けられ、いくつもおみくじが結ばれていた。

「それでね、その女の人は取ったおみくじのところに自分のを結んでいくの」

「その女の人は取ったおみくじをどうするんだ？　もしかしてこのゴミ箱に捨てていくのか？」

大黒は震える思いで尋ねていた。

「そうなんだよ。誰かのおみくじを外して捨てるなんてことしちゃ、いけないよね、森田さん」

「ああ、いけないね。願い事なのに」

大黒は前田七子の写真を取り出すと子供に示した。

「その女の人はこの人かい」

「そうだよ。でも別の人もいるみたい。女の人が捨てたのと別のもゴミ箱にあるんだ」

からくりが判明した。朝の人、高砂和子はこの神社にきておみくじを引く。そしてなんらかの書き付けをして結んで帰る。前日、夕方の前田の分を処理して。

そして夕方の人、前田七子はそのおみくじを読み、高砂の伝言を捨てると返答を自身のおみくじに書いて残しておく。二人はそれを繰り返して連絡を取っていたのだ。

宮司が気が付かなかったのも当然だ。神社にお参りして、おみくじを引くのは願掛けなら不自然でない。そしてそれを結んで帰るのも。

この子供達だからこそ分かった行為だった。ゴミ箱におみくじが捨ててあるのは清掃活動にいそしんでいなければ見つけられなかっただろう。

大黒はゴミ箱の中を覗き込んだ。大した量ではなかった。ペットボトルが少しあるだけ。後はきれいなものだ。子供がいったようにおみくじは捨てられていなかった。

「ここのゴミはいつ出すの？」

「燃えるゴミは昨日。リサイクルゴミは明日」

子供達は真面目だ。定期的にきちんと分別してゴミ出しをしているらしい。だがそのために高砂和子と前田七子を結ぶ物証は焼却場にいってしまった。ここ一カ月、二人が交わしたおみくじは燃えてしまったのだ。

「間に合わない。燃えちまってる」

大黒は数之を見ながら呻《うめ》いた。数之は無言で肩をすくめた。

「なにが間に合わないの？　なにが燃えちゃったの？」

落胆する大黒を気遣ってか、子供が尋ねてきた。

「ここに捨てられたおみくじだ。ゴミの車に運ばれていって燃えちまったんだ」

「大丈夫だよ」

明るい声で子供が答えた。

「誰かのおみくじを勝手に取って捨てちゃいけないんだ。だから僕達はいつも拾い上げてあそこに結び直してあげるんだ」

子供は得意げに木枠の桟を指さした。

そこからの捜査は早かった。大黒の連絡で捜査一課に同行してきた鑑識班と数之が調べを進めた。

桟に結ばれていたおみくじを外して改めていった結果、物証が出た。ここ一カ月、高砂和子と前田七子が交わしたおみくじはちゃんと結び直されていた。

『明日の晩、雨なら計画実行』

『了解』

短い文面がおみくじの白紙の部分にしたためられていた。

『暗証番号変更なし』

『了解。ツアーは無事、開催予定』

最初の二つはひき逃げ計画の前日の物だろう。次の二つは冷凍倉庫に関してだ。他にもおみくじは数多く出た。指紋が照合され、筆跡が鑑定された。むろん一致した。

ただちに前田七子に逮捕状が出た。取り調べでおみくじのからくりが割れたと告げられた段階で七子は折れて自供を始めた。

二人は女性問題の講演会で出会い、今回の計画に手を染めたという。

高砂和子が倉庫で凍死自殺をする決意は固いものだったらしい。恐くないのかと尋ねると少しもと答えたという。自分は末期ガンだ。余命は数カ月。痛みが激しくなる前にきれいに死ぬ方がいい。人はいずれ死ぬのだからと。

前田七子は夫の前田五郎が死亡した段階で腹をくくったらしい。告げられていた時間に倉庫に入り、車で遺体を運び、偽装用の男物の運動靴を履いて雑木林に遺棄した。

重たくなかったのかと聞くと、和子が願っていたように「できるだけきれいな状態で発見させてあげよう」、それしか頭になかったと答えたという。火事場の馬鹿力らしい。

遺体発見現場で見当たらなかった高砂和子の携帯が、壊された状態で荒川《あらかわ》の河川敷から出た。前田七子の供述によるもので、犯人しかしり得ない情報だ。

事件は解決した。前田七子は殺人と自殺の幇助、死体遺棄で送検された。数之が食べた鰻も聞き込みに使った洋菓子も経費で落とすことができた。すれすれで懐は痛まなかったことになる。

大黒は捜査終了の糸口を示した森田に感謝する意味で菓子折を携えると数之、アメリとともに茅葺《かやぶ》きの森田の家を訪問した。

「ほいほい。三人ともきたね。今、お茶を出すからさ。座ってな」

森田が奥からコップと露を帯びた麦茶のポットを運んできた。大黒が持参したのは栗《くり》饅頭《まんじゅう》だ。三人はお裾分けを受けて居間で相伴に与《あずか》った。

「あのよ、大黒。氷穴で動物の毛を見つけたろ？　あれな。熊だった。危ないところだ。

俺達、熊の住処《すみか》に入ってたんだぜ」

森田のいう雪男の正体はどうやらこれらしい。夏場は涼しい寝場所を本能で嗅ぎ分けるのだろう。留守でなによりだった。

「森田、これなんなの。難しそうな機械がいっぱいテレビにつながってるけど」

栗饅頭を頬張りながらアメリは尋ねた。

「ああ、これかい。こいつはビデオを編集する機械さ。わしはホラービデオを自主制作してるっていっただろ、お姐ちゃん?」

そういって森田は機材のスイッチを入れる。大型テレビの画面に映像が映し出された。

「こいつで取材してきた素材のいらない部分をカットしたり、必要な部分にナレーションを入れたりするのさ。ああ、こいつは例の人肉雑木林だね。ツアーの時にカメラを回してたんだ。なにをどうやるか、やってみせようかい」

「待って。この画面そのままストップしてて」

アメリは栗饅頭を飲み下すと告げた。

「あのさ、遠くの方だけど、なにか映ってない?」

アメリの言葉に数之が目を細めて画面を見つめた。

「ああ、映ってるな。なんだ? もしかして犬か? あそこには本当に野犬がいるのか。あん? 熊か?」

「違うんじゃない？　人間みたい」

大黒も画面を注視した。確かに男が雑木林の陰から首を出してカメラの方を見つめているようだった。

「ああ、お姐ちゃん。こりゃ、人間かもしれないよ。でも今の人じゃないね。ひどいザンバラ髪だ。落ち武者みたいに見えるけど、あそこにそんな伝説はないけどねえ」

「じゃ、誰なの」

四人は映像を眺めていたが、結局それが誰なのかは一人も分からなかった。なぜならメンバーで直接、平将門に会った人間が、一人もいなかったからだった。

第四話　砂漠の釣り人

「鳥取砂丘は要するに大きな砂場だったのね」

白衣姿のアメリがつぶやいた。サングラスに日傘を差している。やけに声が明るい。すっかり観光気分なのだ。

アメリが立つのはフェリーのデッキ。目の前には海が広がっている。

どうして女は海が好きなのか。こんなものをなぜ、ロマンティックと思うのか。静かな水辺がいいなら沼も池もあるのに。大黒はかねてからの疑問を脳裏に浮かべていた。

「アメリ、俺も鳥取砂丘を砂漠と思ってたぜ。だが地学的にいうと砂丘は風に運ばれた砂が積もってできた場所。一方、砂漠は岩石や砂礫《されき》でできた広大な荒れ地ってんだからな。中近東やエジプトの奴《やっ》らはこのことをしってるのかな」

アメリの隣に並ぶ数之もカモメを目で追いながら声を上げた。こちらは缶ビールを手にしている。

「駱駝《らくだ》はいるかしら」

「おいおい、日本唯一の砂漠とはいえ東京都下だぜ。俺はピラミッドを期待したいね」

大黒らは真夏の水曜日、朝八時にフェリーで竹芝桟橋《たけしばさんばし》を出発し、O島を目指していた。

数之が述べたようにそこには火山によって形成された日本唯一の砂漠があるのだ。

「大黒、どうしてO島は東京都なんだ？　地理的には神奈川や静岡の方が近いんじゃないか？」

数之の疑問ももっともだった。なぜそんな行政区分なのかは大黒も分からない。しかし厳然たる東京都だけに警視庁に所属する自分達が出動しているのだ。

今朝、連絡してきた機動捜査隊の大河原はすでに現地入りしている。後を追う形の三人が乗っているのは高速船だ。所要時間は二時間ほど。そろそろ到着だろう。

「おっと」

頭上から落ちてきたカモメの糞《ふん》をよけた数之は、次いで終始、無言の大黒に視線を送ってから首を振った。

大黒は二人の後ろでデッキの椅子をつかんでいた。手にはビニール袋。フェリーは太平洋を進んでいる。外海は波が高く、風が強い。

大黒は猛烈な船酔いに襲われていた。早く揺れない地面に足を付けたかった。船舶特有の振動が腹の底から胸にせり上がってくる。

だが二時間といえば通勤圏内と変わらない。しばらくの辛抱だ。大黒はそう自分に言い聞かせ続けていた。

「おっ、見えてきたぜ。へへえ、誰かがパトカーの横で手を振ってらあ」

「ほんと。あれはゴボウね。まったく馬鹿なんだから。チビフグ、どこかにアラブの大富豪は見えない？」

はしゃぐ二人の言葉に次いで船がゆっくりと埠頭《ふとう》に横付けされる。鈍い振動がいっそう強まり、とどめのようにどすんときた。

「到着したぜ」

数之が告げた。錨《いかり》が降ろされ、フェリーの尻から人が降り、車が出ていく。一方、船着き場には本土へと向かう車両が順番待ちしていた。大黒は安堵《あんど》を覚えた。途端に胃の内容物を吐瀉《としゃ》した。

「ゴボウ、駱駝は？」

埠頭から走り始めた車の助手席でアメリが愚痴った。

「馬鹿いうな。そんなミニスカートで駱駝に乗るつもりだったのか」

大河原は白衣の下から覗《のぞ》くアメリの長く白い足に視線を送りながら告げた。アメリが白衣なのは仕事だからだ。三人は大河原の運転する車に乗っている。それを所轄のパトカーが先導してくれていた。

島の湾岸をぐるりと巡る道路を使って一行は現場へと向かっている。O島の中心部には砂漠がふたつ。いずれも国土地理院が砂漠と認定したものだ。正真正銘、日本で唯一の砂漠。目指すはその融合地点だった。

「なんならなんにも穿《は》かないでいてやろうか。スカートの長さがどうだろうと駱駝はあんたみたいにわたしの足ばかり見ないわよ」

「大河原、ピラミッドは？」

後部座席で数之が尋ねた。

「お前達、観光にきたんじゃないだろ。駱駝もピラミッドもなしだ。もう落ち着いたか、大黒。ざっと話をするぜ」

大黒は後部座席で呻《うめ》いた。埠頭で買ったミネラルウォーターでなんとか気分を戻したが、まだ胃液がせりあがってくる。

「死体はこれから向かう砂漠で発見された。明らかにおかしいから、お前達に連絡を回した。俺達が着いたのは朝の八時頃だ」

「おかしいってなにがよ？」

「死亡していたのは砂漠だ。だが死んでいたのは釣り人なんだ。所持品から身元は割れている。O島の金融業者で名前は」

「前田五郎でしょ」

「よく分かったな」

「当然だわ。ある種のギャグみたいなものだもの。すると次に誰が顔を出すかも、うっすら予測できるわね」

アメリの言葉に大河原はハンドルを握りながら、しばらく考えたが、答が浮かばなかったようだ。

「とにかく変なのは確かだ。第一発見者は観光客らしい。所轄は現場を確保している。解剖は島の病院に手配した」

そこで大河原は大きなあくびをした。

「勘弁して欲しいぜ。所轄から連絡があったのは朝六時。大慌てでここまできて、お前達に出動要請。機動捜査隊にいると、まともな睡眠サイクルじゃいられない。いいか、俺はこれからまた次の仕事がある。だからよく調べてくれ」

車は湾岸から島の中央部に入り、砂漠へと進み始めた。景色が一変して真っ黒な岩と砂礫が現れた。

舗装道はなく、先行するパトカーに続いて荒涼とした黒い大地を走る。辺りはでたらめに凸凹《おうとつ》を繰り返す地形だ。

雑草が生えているだけで樹木らしいものは見当たらない。まるで異なる惑星にまぎれこんだような思いがした。

前を走っていたパトカーが停《と》まった。少し先が黄色い規制線で囲われている。大河原も車を停めて大黒らに顎で続くように伝えてきた。

「ヒューストン、ヒューストン、聞こえるか。こちら数之船長。我々は無事、到着だ」

数之がはしゃぎながら車を出た。大黒も続いた。歩き出すと足下でざくざくと砂利を踏むような音がする。規制線をくぐる大河原に一行は従った。

指示を待つように所轄の人間、機動捜査隊の捜査員が待機している。そのかたわらに前田五郎はいた。四肢を伸ばして黒い砂礫に仰向《あおむ》けになっている。

中肉中背の四十絡みの男だった。頭には釣り具メーカーのロゴがある帽子。上半身はフィッシングジャケット。下にはズボンと長靴を履いていた。横に畳まれた釣り竿《ざお》、クーラーボックスが転がっている。

「どう見ても釣り人だろ？」

大河原が告げた。確かにそうだ。宇宙飛行士でも砂漠の商人でもなさそうだ。大黒はかたわらに待機する所轄の人間に尋ねた。

「ここに釣りになる川や池はあるのか」

「まさか。ここはただの砂漠です。O島には釣りができる川や池などはゼロです」

所轄の人間が首を振った。となると前田五郎は海釣りをもくろんでいたことになる。

「ここは海からどのくらいある？」

「およそ五キロですね」

大黒は改めて辺りを見回した。警察車両だけで他に車は見当たらない。現場は確保されていると聞いた。つまり前田は車ではこなかったことになる。

「歩きかな」

大黒のつぶやきにアメリが答えた。

「駱駝じゃないの？」

大黒は所轄の人間を見た。相手は首を振った。馬もロバも同様だろう。

「高波に襲われて、ここまで運ばれたんじゃないか」

数之の言葉に大黒は所轄を見た。

「そんな大津波はありませんよ」

やはり前田は海釣りを終えてここまで歩いてきたのだろうか。あるいはここでなんらかの用事を済ませて海まで歩くつもりだったのか。大黒はアメリに告げた。

「ざっと検死してくれ」

大黒の言葉にアメリが前田の死体に歩み寄るとかがみ込んだ。白衣から白い腿《もも》がこぼれ出る。所轄と機動捜査隊の視線が一斉にそこへと走った。

「瞳孔の反応も脈もなし。確かに死んでるわね。頭部もその他も出血している様子はないわ。詳しくは解剖してからだけど外傷はないみたい。死体の硬直具合から死亡推定時刻は昨日の夕方頃ね」

そこでアメリが顔を上げた。注がれていた視線がさっと戻される。

「所轄の人、昨日か今朝、雨は降った？」

「どういうことです？」

「だって遺体の衣類がまだ湿ってるもの」

大黒は視線で所轄に確かめた。

「いえ、雨はありません」

「数之、鑑識捜査を頼む」

大黒の指示に数之が死体に歩み寄ると前田の衣類を確かめる。綿棒を鑑識ケースから取り出し、衣類の湿りを移し取ったり、頭髪につっこんだりしている。

「確かに湿ってるな。後で解析するが、どうも海水みたいだぜ」

「なぜだ？」

「だってほら、前田の口を見ろよ」

仰向けになり、顔を空に向けている前田の口元を数之は示した。

「これ、昆布だろ？」

確かに前田の口からは細く深緑色の藻が顔を覗かせていた。

「乾燥したのを戻して喰《く》ったとは思えないな。こいつは生だ」

数之は昆布も採取してビニールパックに収めた。

「それで?」

大河原がせかすように尋ねた。

「今の話じゃ、溺死の線が濃厚だよな。だが、ここは砂漠だぜ?」

確かに前田は釣りに出て、どういう理由か溺死した様子だった。それなら事故死で処理できる。ただ問題はどうやれば砂漠で溺死できるのかだった。

「確かに変死体だ」

大黒は大河原の主張を認めた。途端に顔をほころばせると大河原は片手を挙げて機動捜査隊に示した。その合図に隊員はいそいそと車に乗り込んでいく。

「こいつは札付きの金融業者でな。高利で金を貸して容赦なく取り立てていたそうだ。詳しくは所轄に聞いてくれ。それじゃ、あばよ」

そこまで告げると車に乗り込みながら大河原が腕を振った。砂塵《さじん》を巻き上げて機動捜査隊が引き揚げていく。まるで前線からの帰国を許された歩兵部隊さながらだ。

「第一発見者は?」

現場に残されたのは大黒らと所轄だけだった。再びその一人に大黒は尋ねた。

「近くの民宿にいます」

「話を聞きたい。それと遺体は解剖のために搬送してくれ」

風が吹いた。ざっと黒い砂礫が舞った。

「とにかくここじゃ、なんにも釣れなかっただろうな」

数之がつぶやいた。


所轄のパトカーに分乗して大黒らは第一発見者が宿泊している民宿、O島荘に向かった。砂漠からもっとも近い宿だとハンドルを握る警官が教えてくれた。

三人は民宿の玄関に入り、警官が第一発見者を呼びに向かった。しばらく待つとロビーに現れた人間が声を上げた。

「やあ、お姐《ねえ》ちゃん」

アメリが漏らした。

「やっぱり森田だ」

「そうだよ。森田だよ。お姐ちゃん、よく会うね」

「あんた、ここでなにしてるの？」

「旅行だよ。わしは趣味でホラービデオを撮ってるといっただろ。それでO島に砂漠があるって聞いて昨日からロケハンにきてるんだよ」

「森田さん、あなたが前田さんの死体の第一発見者だと聞きました。発見時の状況をお聞かせ願えますか」

大黒の言葉にドングリに手足が生えたような体躯《たいく》を椅子に沈めると森田が答えた。

「へええ、あの人も前田ってんだ。なんだか、この頃、前田がよく死ぬね」

「死体を発見したのは何時頃ですか？」

「今朝の六時前だったね。着いたのが昨日の夜でさ。疲れてたもんで、ロケハンは朝早くにした。人のいない方がいいからね。それで散歩がてら出かけていったんだ」

「ですが死体があったのは砂漠の中央部です。ここからだと徒歩では少しありますが、どうやって発見に到《いた》ったんですか」

「農業やってるからねえ、歳《とし》は取っても足には自信があるさ。宿の人に教えてもらった道順で砂漠までいって、それで少し歩いてみたんだ。そしたら鳥が飛んできてね」

「鳥ですか」

「ああ、あれはカラスだね。そいつがくるくると旋回するとさっと急降下した。それで少しすると、また飛び立っていったんだよ。変な動きをするなと気になったわけさ」

「なんだろうなと思ったんですね」

「ああ、どう考えても目的がある様子だった。だけど辺りはただの真っ黒けだろ。なにかあるのかな、ロケハンしておこうと思ってね。それでカラスの降りた辺りまで歩いていった。そしたら人が死んでた」

証言が正しければ、森田の死体発見はカラスの行動を不審に思った上での結果で、単なる偶然によることになる。

「そのときのビデオ映像はありますか」

「いや、まだカメラは回してなかった。撮影したのは死んでたところからだ」

残念ながら発見時の様子は把握できないようだ。前田はいつも困った死に方をしてくれる。砂漠での溺死は明らかに自然死ではない。今回も考えられるのは自殺、他殺、事故。大黒は苦々しい思いだった。

「あの人、あそこで釣りをするつもりだったのかね。なにを狙ってたんだろ」

森田がつぶやいた。


アメリと数之が解剖に向かった。溺死かどうかの同定を同時におこなうためだった。その間、大黒は所轄におもむき、前田の人となりを聞いた。

大河原の説明通り、前田五郎はO島の金融業者。札付きの高利貸しで所轄の人間は誰もがしっていた。強引な借金の取り立てで泣かされた人間はかなりいるらしい。またマル暴の人間によると前田はノミ屋もやっていたらしく、そちらの息もかかっていたという。

「あいつが死んで胸をなで下ろしている人間は多いでしょうね」

所轄の椅子に向かい合って座るマル暴の捜査員が告げた。

「身ぐるみはがされるように家や土地を売らされて島から出ていった人間も一人や二人じゃないんですよ」

「検挙して営業停止にできなかったんですか」

「前田は用心深くてね。高利貸しも法定内ぎりぎり。ノミ行為も尻尾を出さない」

「金の流れは洗ったんですか」

「ええ。ですがつかめませんでした。奴は島の信用金庫を利用しない現金主義なんです。儲《もう》けた金は一週間に一度、月曜日に本土へ持っていってプールしていたみたいです」

「それが分からなかった？」

「どうも都内に隠し場所があるみたいです」

守銭奴と呼んでいい種類の人間に思えた。となると前田の死因は自殺とは考えづらい。金を残したまま、あの世へ向かうとは思えないからだ。残された可能性は事故か他殺となる。

「前田は釣りが好きだったのですか」

「ええ。馬鹿が付くくらいでした。島の人間はたいがい釣りをしますが、前田も仕事を終えて毎晩、夜釣りに出かけていたようですね。ワンカップをちびりちびりやりながら堤防で竿を出している姿がいつもでした」

「なぜ、夜釣りなんですか？　休みの日中はしなかったのですか」

「前田は札付きの高利貸しですが、よく働く。日中はずっと仕事です。それが終わってから釣りに出ていた。唯一の休みの日は本土に出る例の月曜日です。朝から釣りができる日がないから、夜釣りだったんでしょう」

まるでヴェニスの商人だな。大黒は所轄の言葉を聞きながらそんな感想を持った。そこへ携帯が鳴った。表示された番号はアメリのものだった。

「解剖が終わったわよ。やっぱり溺死だった。数之の鑑識結果とも一致した。詳しくは会って説明するけど、どこで落ち合う？」

大黒はアメリの一報に事件が長引きそうな予感を覚えた。すでに昼を過ぎている。どこかに宿をかまえる必要があるだろう。大黒は電話をそのままに所轄のマル暴に尋ねた。

「島で一番便利で安い宿泊施設はどこですか」

「それならＯ島荘でしょう」

森田が宿泊している民宿だ。話が厄介になりそうな展開だった。しかし他に当てはない。地元の捜査員が薦めるなら確かだろう。それに現場にも近い。

「さっきのＯ島荘に宿を取る。そっちへむかってくれ」

「あらそう。あそこ、温泉はある？」

アメリの質問に大黒はマル暴に尋ねた。

「温泉はありますか」

所轄は不思議そうな顔でうなずいた。大黒は最後に前田の住所を訊《き》いた。

「ああ、いいお湯だった」

浴衣《ゆかた》姿のアメリがロビーに降りてくるとつぶやいた。O島荘に三部屋を取った大黒らはロビーを臨時の捜査本部にした。

「それで？」

大黒は解剖結果を確かめた。

「前田の肺と胃の内容物を調べたわ。たっぷり水を飲んでいたの。それを数之に鑑識捜査してもらった」

「ああ、体内の水分と衣類から採取したものが一致した。つまり死亡時、前田は中も外もずぶ濡《ぬ》れだったわけだ」

「海水なのか」

「ああ、同行していた所轄に頼んで湾岸の海水を持ってきてもらった。そいつが前田の胃や着衣のものと一致した。海水に間違いない」

アメリが続けて補足した。

「死亡推定時刻は昨日の火曜日、午後六時前後。初見と同様に遺体に外傷はなしよ。つまり誰かに襲われたわけではないようね」

「毒物は？」

「検出されなかった。ただしアルコールが検知されたから酒を飲んでいたみたい。結構な量よ」

大黒はうなずいた。

「所轄でもそれは聞いた。前田は飲みながら堤防釣りをするそうだ。となると酔っぱらって足を滑らせたってことになるが」

「どこへだ？」

数之が反論した。

「堤防から酔って海へ転落して溺死するなら話は分かるぜ」

「そうね。でも死亡していたのは砂漠よ。足を滑らせたとしても水はないわね」

大黒は一連のやり取りに、もやもやとした思いを抱いた。海水による溺死は確実。しかし死亡した場所は砂漠。

となると前田は死んでから砂漠まで歩いてきたことになる。大黒は思わずつぶやいた。

「死体は歩かないよな」

「復活したんじゃなければね」

アメリがつまらなさそうに答えた。

「移動する川ってのを聞いたことがあるぜ」

数之がややこしい茶々を入れた。

「そうだ」

アメリが小さく叫んだ。

「なんだ」

大黒は確かめた。

「この近くにビーチはあるかしら。わたし水着を持ってきてるんだ」

数之が手にした缶ビールを一口あおると告げた。

「今回の疑問点は砂漠でどうやって溺死するかだろ？　そこで移動する川さ。どこかの砂漠で雨季になると突然、川が現れて動物たちが集まってくるんだそうだ」

「前田は海水によって溺死した。淡水じゃない」

「その川が海から移動してきたものならどうだ？　前田はその川の魚を狙っていた」

「分かった。所轄に確かめてみよう」

「待って」

アメリが告げた。大黒が確かめた。

「なんだ？」

「わたし、サンオイル持ってきたかしら」

大黒は溜息《ためいき》をついた。数之がまた口をはさんだ。

「間欠泉のように特別な時刻だけ、あそこで海水が噴き上がるってのはどうだ？」

「それも確かめてみる」

「今度の水着、凄《すご》いんだから。アラブの富豪もイチコロよ」

「O島は中近東じゃない」

「分からないわ。お忍びで遊びにきてるかもしれないじゃん」

　アメリは目を輝かせている。まるで脱出に成功した巌窟王《がんくつおう》だ。確かに年中、密閉された解剖室で死体と向き合っているのだ。滅多に日光と海を拝めないのだろう。

「待てよ。そういえば魚の雨が降るってのもあるな。確か竜巻によるものだが、海水を巻き上げた竜巻が前田の辺りにだけ降り注いだ」

　数之も観光気分そのものだ。いつもの饒舌《じょうぜつ》さがトップモードになっている。

「泳いで焼いて、それから砂漠巡り。ねえ、本当に駱駝はいないの？　わたしサリーも持ってきたんだけどな」

「他に可能性は考えられるか」

　大黒は二人に確かめた。数之が答えた。

「そうだ。あの砂漠には地底湖があるんだ。海とつながってるやつが。溺れ死んだ前田は海流であそこまで流されてきた」

「どうやって地表に出る」

「そりゃ、地底人に決まってる。奴らが運び上げた」

「数之、お前、何本、ビールを飲んだ？」

大黒の言葉に数之は鼻をひとつすすると無言になった。不意にアメリが素っ頓狂な声で歌い出した。

「♪月の沙漠《さばく》を――」

大黒は溜息をつくと所轄に電話した。砂漠には移動する川も間欠泉も地底湖もなかった。地底人も竜巻の発生もだ。前田五郎の死亡状況は極めて現実的だったことになる。海から五キロある地点で海水による溺死。どうやればそんな死に方ができるのか。

「お客さん、夕食の準備が調いましたよ」

宿の女将《おかみ》から声がかかった。時刻は既に夕方近い。三人は階段を上った大広間に案内された。複数の旅行客が畳に座る中、奥の一角が大黒らの席だった。見ると森田が膳を前にしている。

「なんであんたが一緒なの？」

アメリが尋ねた。

「いやさ、わしがあんたらと話してたのを女将が見ていてさ、お知り合いならご一緒されてはと気を利かせてくれた。親切心を断るのもどうかと思ってね」

「どうしても一緒になるわねえ」

「ははは、わしとお姐ちゃんは赤い糸で結ばれてるんじゃないか」

森田の言葉に答えず、アメリは座布団に座った。目の前の膳には刺身盛り、天ぷら、鍋物、小鉢が並んでいる。

「豪華じゃない。大黒、奮発したの？」

「いや、最低の宿泊料金だ」

「警察ってことで気を使ったんだぜ、きっと」

数之の言葉を森田が受けた。

「ここは安くてうまいので評判なんだよ」

数之はうなずきながら手を挙げて仲居に瓶ビールを注文した。まだ飲むつもりらしい。

「それで、どうなんだい？　捜査の方はうまくいってるのかい」

森田が箸を使いながら三人に尋ねてきた。

「それについては捜査上の秘密になります」

大黒は釘《くぎ》を刺した。

「そうかい。だろうね。おや、この小鉢、コンニャクだ。お姐ちゃん、食べるかい？」

森田はそういいながら小鉢をアメリの膳に移した。

「わしゃ、コンニャクが苦手でね。食い物に思えない。ゴムみたいな歯ごたえだろ」

森田は天ぷらに箸を伸ばしながら続けた。

「ゴムといやあ、思い出した。あの男、砂漠で釣りをするなんて変だよね。なにを狙ってたんだろ」

「森田さん、砂漠に魚はいないと思いますが」

「だろうね。だがひょっとしていたとしたらどうなんだろ」

「いたとして釣りとゴムがどう関係するんですか」

「いやさ。あそこでなにを狙っていたかはしらないけれど、釣りをするなら餌がいるだろ。だからどんな餌だったんだろうと思ってさ」

森田の言葉が大黒の脳裏に刻まれた。

「知り合いに釣り好きがいるんだが、アジ釣りなんかは短冊に切ったコンドームを餌にするんだってね。それで喰いついてくるそうだ」

「前田が死んだ？　そうかい。いずれ、そんな風になるかとも思ってたけど。やっぱり誰かに殺されたの？」

大黒は翌朝、一人で釣具屋にいた。アメリは自身の仕事は終了したと主張して海水浴に出かけている。一方、数之は昨夜の大酒が祟《たた》って布団の中から出てこなかった。

「実は前田さんは、どうも事故のようなんです。釣りをしていて誤って海に落ちてしまった線が濃厚なんですよ」

簡単に死亡状況を説明した大黒は店員への聞き込みに入った。前田の家からもっとも近い釣具店だ。おそらく常連だったろうと踏んだ上での捜査だった。

「前田さんはいつもこちらを利用されていたんですよね」

「ああ、うちの常連だよ」

「どんなものを買い求めていたのですか」

「そりゃ、釣り具だよ。竿も糸も針もうちで買ってる。だけどなにより餌だね。ほとんど毎晩、夜釣りに出てたから」

大黒は昨夜の夕食時、森田から聞いた餌について所轄に確かめていた。すると海釣りの場合、ほとんどが生き餌を使うと分かった。新鮮であることが重要だからだ。

「前田さんが買うのは生き餌ですよね」

店員がうなずいた。所轄から餌は狙う魚によって多種多様だと聞いた。エビやゴカイ、大物狙いなら小魚の場合もあるらしい。

いちいちそれらの生き餌を自宅に専用設備を設けて常備するのは手間だ。水槽だって必要になる。近くの釣具屋を利用する方が便利だろう。そう考えての質問だった。

「それで一昨日のことなんですが、前田さんはここで餌を買っていきましたか」

「一昨日かい。きてないね」

「確かですか」

「ああ、間違いないね。だって一昨日は新月の晩だからね」

「新月？」

「新月ってのは月の出ない晩さ。つまりツキがない。前田は変に験《げん》を担ぐところがあって新月の晩は釣りをしないんだよ」

大黒は店員に礼を述べて店を出た。捜査が一歩前進した。ただし厄介な方に。前田は死亡当日、餌を持たずに釣りに出たのだ。しかもいつも釣りをしない新月の晩に。

大いに疑問だった。前田は釣りには出ていない。そう考える方が自然だ。となると事故による溺死の線はない。残されるのは他殺だ。

札付きの金貸しだった前田が誰かに恨まれていたことは否めない。金を借りていた人間が借金を返せずに犯行に及んだ。動機としてはとても分かりやすい。

ただ死亡状況が謎だった。偽装にしてはちぐはぐだ。釣りに出て誤って溺死したと見せかけるなら砂漠に死体を放置するだろうか。

大黒はその足で島一番の目抜き通りに向かった。周辺には役所、学校が集まり、前田もここに事務所を構えている。

大黒は通りに面した小振りなビルの前に立った。二階のガラス窓に「マエダ・ファイナンス」と書き文字が躍っている。

店舗名の下に営業時間が記されていた。午前九時から午後五時。年末年始・日祝営業、定休日毎月曜。ヴェニスの商人の働きぶりは大したものだった。年中無休に近い。

　確かに金に困った人間にとって年末年始は頭が痛い時期だ。日祝も営業しているのは借金にくる人間をできるだけ拾い上げるためか。

　午後五時までの営業なのは好きな釣りに出かけるからだろう。

　すでに事務所は前田の変死を受けて所轄が立ち入り禁止の規制線を張っている。大黒はビルの階段を上った。所轄の話では前田は一人で事務所を切り盛りしていたらしい。独身で家族もいないという。事務所のドアの前にくると警備の警官に声をかけた。

「所轄の刑事を呼んでくれ」

　大黒の指示で五分もせずに捜査員が到着した。

「殺しの線が出てきた。被害者から金を借りていた奴を洗い出したい」

　大黒は手袋をはめると到着した三人の捜査員に告げた。

「つまり、ここの帳簿を調べるのですか」

　戸惑ったように捜査員の一人が尋ね返した。

「そうだ。なにか問題があるのか」

「すべてですか」

　尻込みするように述べると捜査員はドアを開けて中に入った。大黒も続いた。事務所の壁面はガラス戸棚のオンパレードだった。

窓を除いたすべてが戸棚で埋め尽くされ、そこに分厚いバインダーが並んでいる。ざっと見ても二百は下らない。

「始めますか」

捜査員は告げた。大黒は溜息をつくとマエダ・ファイナンスの帳簿を改め始めた。

「最新のバインダーによると、ここ一年で前田から金を借りていた奴は百人近い」

午後三時、大黒はO島荘のロビーで告げた。他殺の線が強まったことで数之とアメリを呼び寄せている。

午前中から前田の事務所の帳簿と格闘し、なんとか様子を把握した結果だ。大黒の肩には澱《おり》のような疲労がたまっていた。

「なによ、せっかくビーチを楽しんでいたところなのに。まだサンオイルを背中に塗っただけなのよ」

白衣姿のアメリが愚痴った。

「他殺が当たりらしい？　どうやって容疑者を絞り込むんだ。数が多すぎる。うっぷ」

数之は酒の酔いが残っているようだ。ときおりげっぷを漏らしている。

「もう一度、現場検証だ。なにか手がかりが残されていないか調べ直す」

「やってもいいが期待薄だぜ。うっぷ。残念ながら現場は砂漠だ。砂礫は風で流されるから下足痕もタイヤ痕も残されていなかったんだ」

「だったらわたしはお役ごめんね。鑑識捜査はチビフグの範疇《はんちゅう》だもの。なにかあったらしらせてよ。ビーチにいるから」

捜査方針を聞いたアメリが立ち上がろうとした。

「いや、アメリ。お前はもう一度、検死をしてくれ。不審な痕跡がないか調べ直してほしいんだ」

「失礼ね。わたしの検死は完璧よ。海水による溺死。これは絶対だわ」

アメリはプライドを傷つけられたように頬を膨らませた。アメリの主張は正しいのだろう。だが大黒はここまでの調べで前田の溺死が偽装だと睨《にら》んでいた。

前田は釣りにいかなかった。海辺に呼び出されて殺されたのなら、そのまま投棄して溺れ死んだことにすればいい。

つまり殺害現場は海以外のどこかだ。そこで犯人は前田を溺死させたことになる。その痕跡が遺体に残されていないかと大黒は考えていた。

「とにかくそれしか手がないんだ。二人とも頼む」

二人は渋々、腰を上げた。待機させていた所轄の車でアメリは病院へ、大黒と数之は現場へ向かった。

三人がO島荘に戻ったのは夕刻だった。数時間をついやしたが、やはり手がかりはなにも出なかった。

「あああ、せっかくの一日がおじゃんだわ。肌も中途半端にしか焼けてないし」

ロビーでアメリが愚痴った。温泉で一風呂浴び、既に浴衣姿だ。数之は再び缶ビールを手にしている。

「アメリ、いいことを教えてやろうか。所轄に聞いたんだが駱駝はいるらしいぜ」

数之がビールをあおりながら告げた。

「本当？　だったら明日は駱駝に乗って砂漠観光しようかしら」

「へへへ。残念だな。いるにはいるが動物園にだ。昔々は駱駝観光もあったんだとよ。だが動物園のは借り出すわけにはいかないだろうな」

「なによ。だったら最初からそういえばいいじゃない。わたしも女将に聞いたのよ。ピラミッドはあるかって」

「あるのか」

「あるわけないでしょ」

大黒にとって今の情報は有益だった。二人が期待していた楽しみがついえたのだ。少しは捜査に身を入れるだろう。

「前田は他殺だ。それは確かだと思う」

大黒は捜査の感想を述べた。

「問題は誰がこんなややこしい方法で前田を殺したかなんだ」

「どこかで溺死に見せかけて前田を殺害し、遺体を砂漠に放置した。そこなんだな」

数之が新しいビールを開けると確認した。

「ここはひとつ、犯人像から絞り込んだらどうなんだ？」

数之が述べているのはプロファイリングのことらしい。

「考えがあるのか」

「地底人だ。奴らは前田に借金があった。そこで前田を地底湖で殺害し、砂漠に運び上げたんだ」

「なんのためにだ」

「そりゃ、そのままにしとくのはまずいだろ。いずれ腐敗してくるからな」

「アメリは意見があるか？」

大黒は数之の発言を無視して尋ねた。

「そうね。島の人間以外の線はないの？　帳簿に関する方じゃなくて」

「つまり借金が動機ではないというのか」

「前田はノミ屋もやってたんでしょ。ややこしい人間とも関わっていた。そこでなにか問着《もんちゃく》があったと考えられないの？」

確かに暴力団が絡んでくると殺しの理由はいくつも出てくる。前田を亡き者にして島の金融を乗っ取るか、ノミ行為を自前のものにしたかった。そんな線も考えられる。あるいはなんらかの理由で前田を見せしめにした。砂漠に死体を放置したのは発見させるためだった。いうことをきかないとこうなるぞという脅しだったのか。

だが見せしめなら釣りの恰好《かっこう》に偽装させるより、もっと派手な死に方をさせる方が効果的ではないか。血みどろのまま、遺体を放置する。あるいは高い木に掲げる。単に溺死体の放置では脅しとしては効果に欠ける気がする。

「前田に女がいたというのはどうだ。あるいは隠し子がいた」

缶ビールをあおる数之が述べた。

「前田を殺害し、遺産を相続する。それなら偽装の線もおかしくないだろ？」

確かにそうだ。しかし大黒はその線に関して所轄に念入りに聞いた。前田には女はいない。子供もいなかった。戸籍も洗ったが怪しい移動もない。ヴェニスの商人たる前田は金と釣りにしか興味がなかったのだ。所轄への聞き込みでそこは確実だった。

大黒は深く溜息をついた。澱のような疲労が肩に染み込んでいた。

「明日も晴れてくれるかしら。残りの肌もきちんと焼《は》かないと」

アメリが大黒の思いをよそに観光の続きに思いを馳せている。

「ピラミッドがないするると、どうするかな。そうだ。確かゴルフコースがあるっていってたな。ひさしぶりにラウンドするか」

数之も事件の解決に頭が向かっていないらしい。大黒は額を揉《も》んだ。続く捜査へ向かう糸口がつかめない。

捜査の全権は刑事である大黒にあり、責任も同様だった。未解決のまま東京に帰るわけにはいかなかった。

「夕食がご用意できましたよ」

背後で女将の声があった。数之とアメリが歓声を上げた。昨日に続いて大黒らは大広間の一角に案内された。既に森田が膳を前にグラスにビールを注《つ》いでいた。それを見た数之も仲居にビールを注文する。

「ほおおい、お姐ちゃん。昼間は紐《ひも》だけの水着で泳いでたそうだね」

大黒らが席に着くと森田が口を開いた。

「あら、やだ。あんた、わたしの水着姿を覗いてたの？」

「いや、話に聞いただけさ。わしゃ、ロケハンに向かってた」

森田は膳に並ぶ料理に箸を運びながら告げた。刺身はあるがメインはうって変わってエビフライにハンバーグ。洋食のメニュウになっていた。

「それでお姐ちゃん。仕事の方はどうなんだい？」

「それは捜査上の秘密。なんにもいえないのよね」

つぶやきながらアメリは膳に箸を運ぶ。ふと大黒の脳裏に先ほどアメリが述べた「島の人間以外」という言葉が浮かんだ。

毎度のことだが、この森田はどうだろう。遺体の第一発見者は通常、容疑者の場合が多い。アメリによると前田の死亡推定時刻は一昨日の午後六時頃だ。

森田は夜に到着したと述べていた。それが正しいなら犯行は不可能だが偽証か否かは埠頭や空港の防犯カメラを調べれば裏が取れるだろう。所轄に指示することを脳裏に刻んで大黒も膳にむかった。

「お姐ちゃん、どうだい？　あんたビールは」

「あら、そう。だったらご馳走《ちそう》になろうかしら。せっかくの旅行だし」

今回のO島行きが捜査だと思っていないのか、アメリはグラスを持った。

泡がいっぱいになって森田が瓶を戻した。アメリが一気にグラスを空にした。

「ああ、おいしい」

「お、いける口だね」

再び森田がアメリのグラスにビールを注ぐ。

「たまにはこんな仕事もいいわね。これでアラブの富豪がいれは玉《たま》の輿《こし》なのに」

「なんだい、お姐ちゃん？　アラブの富豪って」

二杯目を飲み干したアメリは口が軽くなったのか小さく歌い始めた。

「♪月の沙漠を――はある、ばあると――」

「ああ、王子様ってことか。懐かしいね、小学唱歌だろ。わしもひとつ唄おうか」

グラスを片手に森田が唸《うな》り始めた。

「♪カラス――、なぜ鳴くのお――」

森田が歌い出した途端、アメリがどんと音を立ててグラスを置いた。

「大黒、手がかりがひとつだけ、あったじゃないの」

「アメリのいう通りだ。忘れてたな」

数之も同意する。大黒は二人の意図を瞬時に理解した。まずい流れだ。

「大黒、チビフグ。ジャンケンよ。どっちかが実験台になるの」

アメリは嬉《うれ》しそうに告げた。

「なんで俺達だけなんだ。お前は？」

大黒が反発した。

「だって死んだ前田は男でしょ。女のわたしは厳密な実験台にはなれない。性差は埋められないからね」

明けた翌日の早朝、五時。バケツを抱えた数之とアメリが大黒の横に立っている。大黒は死体があった砂漠の現場に仰向けになっていた。

上から下まで釣りの恰好だ。前田の死亡時の着衣だった。これからの実験を厳密にするためなのよとアメリが強く主張したからだ。

ジャンケンに弱い自身を恨んだが負けたのは事実だ。仕方のない成り行きだった。顔の横にはまだいくつかのバケツが並んでいた。

「じゃ、始めるわよ」

アメリの声とともにバケツの中身があびせられた。海水だ。大黒はあっという間にびしょ濡れになった。

バケツから浴びせられた水はみるみる内に土壌に染み込んで消えた。砂漠は土よりも粗い地質だ。そして砂礫も同様だ。

なにをどう偽装したにしても海水や土壌からは物証を特定できない。数時間すれば水分は乾き、風によって砂が運ばれれば、なんの痕跡も残さないのだ。それでも手がかりを得るには死亡現場を捜査の前線にするしかなかった。

「くるかね。うっぷ」

数之が漏らした。

「とにかくわたし達は退避よ。カラスがやってくるのを待つしかないわね」

今、大黒は死亡していた前田と同様の状態を再現している。唯一の手がかりは森田が目にしたカラスだった。そこでこんな実験になったのだ。

森田に関しては所轄が埠頭の防犯カメラを改めたところ、証言通りに夜八時頃、到着した様子が映っていた。犯行に及ぶことができないために森田は容疑者から外れた。

「じゃあな、大黒。動くなよ。相手が警戒するからな。うっぷ」

「カラスにつつかれないようにね。喧嘩《けんか》になると目玉をえぐられたりすることもあるらしいわよ」

それじゃ、と二人は言葉を残してバケツを回収すると大黒から遠ざかっていった。森田がカラスを見かけた辺りで動向を探る手はずになっている。

大黒は仰向けになって待った。カラスは前田の死体にどう関係しているのだろうか。日が昇り、直射日光が照りつけてくる。とても暑い。そしてまぶしい。夏も真っ盛りなのが恨めしい。このままではスルメになってしまう。

大黒は少し顔を上げて空を見回した。彼方《かなた》に黒い点が見えた。海の方角だった。それがこちらに近づいてくる。

大黒は顔を戻し、死体になりきった。すぐにカラスが視界に入り、大黒の頭上で旋回を繰り返し始める。なにかを確かめているような様子だった。

降りてくるだろうか。死体だと思ってついばまれるのか。カラスは腐肉も餌にすると聞いたことがある。縄張り意識が強く、学習能力が高いという。ゴミ置き場で人間と一騒動起こすのもそんな習性からだ。

おそらくこのカラスはここを縄張りにしているのだ。そして一昨日同様にご馳走があると理解すれば大黒の体のどこかに穴が空きかねない。捜査のためとはいえ、勘弁して欲しい実験だった。

大黒は息を呑《の》んで待った。大丈夫だ。前田の死体はカラスにつつかれた痕跡はなかったはずだ。そう自身に言い聞かせた。

そのとき、気を変えたようにカラスは旋回から飛翔《ひしょう》に転じた。大黒に興味がなくなったのか、なにか目的がある様子で一直線に飛んでいく。

大黒はそのまま待った。しばらくすると砂礫を踏む足音が聞こえ、すぐ横で止まった。白衣からこぼれる白く長い足が視界に入った。

「起きていいわよ」

アメリの声だった。数之が続けた。

「飛んでいっちまったな。うっぷ」

大黒は半身を起こすと二人に尋ねた。

「どっちだ」

「なにが？」

アメリが問いただした。

「カラスはどっちに飛んでいった」

「あっち」

　アメリが指さしたのは砂漠の外れとなる方で、そこには樹木が雑木林となって茂っていた。大黒は立ち上がった。

「正確に分かるか」

「大体ならね」

「よく覚えておいてくれ。一旦戻って捜査に向かう」

　死体に扮《ふん》した自身は前田の際と大差のない状況だったはずだ。それに当初、カラスはこちらに興味を示した。なにかを確かめるように旋回を続けていたことからも確かにそう思えた。なのになぜカラスは前田の時のように降下してこなかったのか。大黒は疑問を感じていた。前田にはカラスにつつかれた痕跡はなかった。つまり餌としてついばまなかったのだ。とすればカラスの降下には別の理由があるはずだ。ぼんやりとした推理が大黒の頭に浮かんできた。


「おおい、うぷ。ちょっと手を貸してくれよ。けっこう重いぜ。こいつ」

　数之がアルミ製の梯子《はしご》を背負いながら愚痴った。O島荘で借りた備品だった。スライド式で伸ばせば七メートルほどに達する。重いのも当然だった。

「汗をかけよ。昨日の酒が体から抜けるぞ」

大黒は指一本貸さずに数之に告げた。死体役を終えた後、濡れた着衣を宿で着替えると再び現場に舞い戻った。

「カラスに聞き込みするの？　つつかれないかしら」

背後でアメリが不安そうにつぶやく。

「聞き込みじゃない。鑑識捜査だ。そのために数之がいる」

カラスは降下しなかった。その理由はなにか。降下する必要を感じなかったからではないか。つまり前田の時にあったものが大黒の時にはなかった。だからカラスは飛んでいったのだ。大黒はそう推理していた。

「なんで俺一人なんだよ。うぷ。大黒、お前も手助けしてくれよ。相手は尖《とが》った嘴《くちばし》を持っているんだぜ」

「現場の保存は絶対だ。それにこれはお前の範疇だ。よく調べてくれ。必ずある」

数之の言葉を無視して大黒は目的とする雑木林に入るとアメリに確認した。

「どの辺りだ？」

「確か、そっちね」

アメリは林の真ん中辺りを指さした。大黒はそちらへと歩み始めた。途端に威嚇するように激しく鳴き立てるカラスの声が響いた。

「いたぞ。あそこだ。数之、梯子をかけろ」

　カラスが鳴く樹木を指さして大黒は指示を出した。一羽のカラスが枝にとまりながら黒い羽根をばたつかせている。

「まいったな。うぷ。どう見ても怒ってるぜ。警察だといっても通じないだろうな」

　数之が手袋をはめると持参した短い棒を片手に梯子を上っていった。カラスの威嚇の鳴き声がさらに強くなった。

　おっかなびっくり数之は梢《こずえ》がうかがえる位置まで上ると茂みに目を走らせた。

「あったぞ。大黒がいったようにカラスの巣がある」

　そう告げたとき、数之へ目がけて黒い影がさっと走った。カラスが威嚇から攻撃に転じたのだ。

　梢に頭を出していた数之にカラスは羽根をばたつかせながら数度の攻撃を繰り返した。それに対するように数之が棒を振り回した。

「痛！　目をやられた」

　梯子の上で数之が叫んだ。大黒はポケットにあったものを取り出すとライターで火を点《つ》けた。

　爆竹が激しい炸裂音《さくれつ》を響かせた。花火は夏の遊びの定番だ。O島荘にも準備があった。カラスはその音に驚いて飛び去っていった。

「今の内だ。巣をじっくり調べてくれ」

大黒の指示に数之は片目を押さえながら首を伸ばして巣を眺めている。やがて片手にあった棒を投げ捨てた。ビニールパックを取り出すとなにかを採取している。

「ちくしょう。あいつ。俺の目をつつきやがった。いつか、この借りは返してやる」

数之が梯子から下りてきた。

「大丈夫よ。ちょっと瞼《まぶた》から出血してるだけだから。眼球に異常はないわ」

アメリが数之の目を確かめて告げた。救急キットからガーゼを取り出すと消毒液を含ませて手渡した。

「それで。なにがあった？」

大黒の言葉に数之はアメリから渡されたガーゼを目に当てながら手にしていたビニールパックを差し出した。

「スプーンか」

ビニールパックに入っていたのは銀色に輝くスプーンだった。だがところどころにむらがあり、柄の一部は黒っぽい地金が剝《む》き出しになっている。

どうやらメッキ加工によるものらしい。大黒はスプーンをじっくりと確かめた。柄の裏に星のマークとシャインの英文が綴《つづ》られていた。

「巣の中で光る物はこれだけだったぜ」

ガーゼで片目を押さえながら数之が告げた。

「もういいか？　戻ってきた奴ともう一度、やりあうのは御免だ」

有限会社シャインはO島にある食器工場でスプーン、フォーク、ナイフなどのカトラリーを製造していた。

「これは御社の製品ですね」

大黒は数之が採取したビニールパックを示した。アメリと二人連れだ。肝心の鑑識である数之はカラスの攻撃に意気消沈して宿に引きこもってしまった。

工場の一角にある応接ソファで対していた社長が受け取ったビニールパックを改めた。

「ええ、うちのスプーンですね。ただしこいつは不良品だ」

「不良品というと？」

「うちの仕事はね」

社長がソファから立ち上がると工場を案内するように歩き出した。シャインは社長夫婦と社員数名で操業する小さな工場だった。社長が仕事の工程を説明していく。

第一段階はがたんと鉄板から型抜きされた素材がプレス機で加工されて、スプーンやフォークに仕上がっていく。

次に研磨が待っている。これは機械では無理な様子で数人の職工が火花を上げるローラーに向き合っていた。

「それでこいつでどぶんとメッキ加工です」

研磨を終えた仕上げ前のスプーンやフォークが鉄網に収められてリフトで運ばれてい
く。そして化学液に満たされた槽に沈められた。

しばらくして引き揚げられた鉄網の中のスプーンやフォークはいずれも銀色に輝いて
いる。

「ただね。中には処理がうまくいかずに、むらがある不良品が出るんですよ」

「それはどうするんですか」

「捨てます。もう一度、やり直してちゃ、手間になるだけで採算が合わない」

大黒は社長の説明で理解した。つまりカラスが巣に持ち帰ったのは不良品として捨て
られたものだったのだ。

するとカラスは不良品をどこで見つけたのか。この工場か。あるいは砂漠か。

「不良品はどこに捨てるんですか」

「ここの裏です。見ますか」

社長は大黒ら二人を先導すると工場の裏手に回った。案内されたのは駐車場とゴミ置
き場を兼ねた場所だった。

「このトレイに溜めておいて適当な量になったらゴミとして出します」

社長が備品を置くための棚を指さしている。金網状のもので、隅に廃棄処分となる不

良品がトレイに小山になっていた。

そのとき、がたんと工場からプレス加工の音が響き、振動が伝わった。からん。スプーンが一本、トレイからこぼれて音を立てた。

「このドラム缶は？」

棚の前にドラム缶がいくつも並んでいた。スプーンが音を立てたのはそれに当たったからだ。ほとんどが口を開いていて中は空っぽだ。しかしいくつかは蓋をされている。

「廃液用ですよ。メッキ加工の後に出る汚染水を入れます」

社長がスプーンを拾い上げると蓋を開いて見せた。中は液体で満たされている。

「勝手に捨てられないんでね。だからこうやって溜めておいて月に一度、産廃業者に回収してもらってます」

「もしかして三日前もですか」

「よく分かりましたね。操業中は車の出入りが多いんで、夜に回収にきて空のドラム缶を代わりに置いていきます」

大黒は社長の説明に事件の全貌をつかんだ気がしていた。

「あら、ここでは猫を飼ってるの」

アメリの視線が工場裏の隅に注がれている。一部分が真新しいコンクリートで仕上げられていて、猫の足跡が残されていた。

「また野良猫だ。ときどきやられるんですよ。どうして猫は乾ききらないコンクリートの上を歩きたがるんですかね」

大黒は社長から産廃業者の名前と所在地を聞いた。

『私達は社長の指示通りに働いていただけです』

島の所轄の取調室だった。四人の外国人労働者がパイプ椅子に座っている。中の一人が代表してアメリに英語で続けた。

『私達は罪になるようなことはしていません』

シャインの廃液を回収するO島産廃は社長以外はいずれもベトナム人だった。従業員は社長を含めて全部で五人。当の社長は別室で四人の聴取を終えた後に調べを受ける手はずだった。

『でしょうね。真面目《まじめ》に働いていたのは確かだと思うわ。じゃないと今回のような話にならないから』

アメリは語学に堪能《たんのう》だった。大黒の意見で四人同時に取り調べることにして、通訳はアメリ、横に所轄の刑事が立ち会っている。

『社長の指示っていうと、どんなの?』

『蓋がしてあるドラム缶は廃液が入っているから、それを回収するんです』

アメリはうなずいた。会話の内容は逐次、日本語にして伝えてくる。

『あのさ、あなた達、不法就労じゃないの？』

不法就労という言葉に四人は暗い顔をすると黙り込んだ。大黒の示唆だった。アメリは大黒のシナリオ通りに聴取を進めている。

産廃処理はいわゆる3Kの仕事だ。働き手はなかなか見つからない。O島産廃の規模からして安い労働力に頼る必要性を大黒は感じていた。

『不法就労なら強制帰国ですむのよ。だけど今回は殺人が絡んでいるの。となると話が変わってくるわ。下手をすると刑務所送りになりかねないの』

アメリの言葉に四人が困った顔をした。

『社長の指示なんです。私達はドラム缶の廃液を回収して、トラックで運んで、いつもの場所に捨てる。ただそれだけです。悪いことはなにもしていません』

先ほどの一人が答えた。

『いつもの場所って砂漠ね。三日前の夜もシャインの工場から廃液が入ったドラム缶を運び出して捨てたのね』

『はい。社長がそれでいいといってましたから』

『しらなかったの？　日本じゃ勝手な場所にゴミを捨てるのは法律違反なのよ』

『なぜですか？　あそこは誰も住んでいないし、捨てるのは水ですから駄目な理由が分かりません』

理解できない素振りで相手が尋ねた。確かに環境保全の感覚に違いがあるだろう。しかも日本人の社長が許可しているのだ。疑いを抱くことはない。

アメリは日本の法律について四人に説明はしなかった。目的は法律講座ではない。聞き込むべきことはまだ先にあった。

『あなた達は三日前の夜、回収したドラム缶の中身を砂漠に捨てた。そのとき、いつもとなにか違うなって思うことはなかった?』

アメリの質問に四人は神妙な顔になるとベトナム語で相談を始めた。なにをどう答えるか検討しているようだった。やがて代表している男が口を開いた。

『月が出ていなかったから真っ暗で、よく分からなかったです』

『すると中身を確認しなかったの?』

『私達はいつも中身を確認することはしません。社長の命令は、とにかく蓋をしてあるドラム缶の中身を捨てろ。捨てたことは黙っていろですから。でないと私達はクビになります』

アメリは代表者の答を聞くと大黒と所轄の捜査員を振り返った。聞くべき内容は終わった。四人の作業が今回の困った死体を出現させたのは明白だった。

所轄の捜査員が取調室を出ていった。今の供述を受けて社長への調べに向かったのだ。

大黒とアメリは取調室に待機するかたちとなった。ほどなく捜査員が戻ってきた。

「今の聞き取りを告げると簡単にゲロしました。常習的に汚染水を砂漠に不法投棄していたようです。砂漠を選んだのは、あそこには夜になると誰もこないからだそうです。それに海だと水質調査があった場合にひっかかる。ですが砂漠なら水質調査もないし、汚染水がすぐに染み込んでばれないからだと供述しました」

戻ってきた捜査員は社長の供述を手短に述べた。そして取調室の四人を眺めて続けた。

「彼らはどうしますか」

「不法就労だ。強制帰国はまぬがれない。だが今回の事件に関しては情状酌量にしてやれ。犯行には関与していない」

話が終わった様子に代表する男がアメリに尋ねた。

『私達はどうなりますか』

アメリが答えた。

『ベトナムに帰りなさいよ。あっちで真面目に働いた方がいいわ。日本の社長に関わっているとろくなことがないから』

「食いねえ、食いねえ、寿司《すし》食いねえ。飲みねえ、飲みねえ、酒、飲みねえ」

「よお、江戸っ子。気っぷがいいねえ」

聞き込みを終えてO島荘に戻ると数之がロビーで森田を相手に酒盛りをしていた。数之は片方の目に大きな絆創膏《ばんそうこう》を貼っている。テーブルには寿司桶《おけ》が置かれていた。

「また飲んでいるのか」

「ああよ。飲まずにやってられるか。こっちはカラスのせいで森の石松にされちまったんだぜ」

「オーバーなことをいうわね。ちゃんと見えてるでしょうが」

「それで大筋が分かったってのはどうなんだ」

アメリの言葉を無視して数之が尋ねてきた。

「スプーンは工場の不良品だった。廃棄用のトレイの近くに廃液を溜めるドラム缶があった。スプーンは工場の振動でドラム缶に落ちたんだ。産廃業者はその中身を砂漠に捨てていた」

「するってえと、そのドラム缶に前田の死体がスプーンと一緒に入っていたのか」

数之がビールをあおると続けた。

「だが前田の着衣に廃液らしい痕跡はなかったぜ」

「おそらく空のドラム缶を利用したんだ。そこへ前田を入れて蓋をした。作業員はベトナム人だ。不法就労もあって中から廃液じゃなく、死体が出てきたとしても見て見ぬ振りをするしかなかったんだ」

大黒は続けた。

「問題は誰が前田を殺したかだ。産廃業者でも工場の人間でもないだろう」

「だろうな。それじゃ単純すぎる。すぐに足がつくしな」

「前田は釣りの恰好だった。犯人は海で溺死したと偽装するつもりだったのは明白だ」

「前田に借金があった人間が犯人なのは強い線じゃない？」

アメリの感想に大黒が答えた。

「ああ、俺もそう思う。だがバインダーによると、ここ一年の借金は百件近い」

「洗い出すのに時間がかかるのね。前田が変死したのはすでに表沙汰になってるわ」

「まずいのは死体が出れば偽装がばれることを犯人が理解している点だ」

「急がないと相手が雲隠れする可能性があるわけか。とするとだ。この森の石松が少し思案してやろう」

ビールで上機嫌になった数之が述べた。

「まず犯人は前田の死体をなぜドラム缶に隠したのかだ」

「ああよ。地底人じゃないわさ」

テーブルを挟んで座る森田が口を開いた。

「ドラム缶に隠したってことは、そこにドラム缶があることをしっていた。それが大前提になるよな」

「だよさ。地底にいる地底人は地上のドラム缶を見ることはないわな」

「そうだよ、森田の爺《じい》さん。犯人はその工場に死体を隠せるドラム缶があることをしっていたんだ」

「いいね。もっとビールを飲むかい？」

森田は目の前の瓶ビールを数之のグラスに注いだ。それをあおると数之が続けた。

「となるとだ。どうして釣りの恰好をした死体をわざわざドラム缶に隠したのか。そこへ話が戻ってくるな」

「ああ、そうさね。ぐるぐる目が回るように戻ってくるさね」

数之も森田も相当にビールをやっつけているらしかった。呂律《ろれつ》が怪しい。しかし今までの数之の発言は大黒の推理を整理するようなものだった。大黒が二人の会話を受けた。

「犯人は金を返す振りをして、前田を自宅かどこかにひきいれた」

「ああ、ひきいれた。いれられちまったね」

「そこにはあらかじめ海水を溜めた浴槽かなにかが準備されている。そして前田に酒を飲ませて殺害した」

「ああ、殺害した。しちまったね、そいつ」

「そして犯人は死体をドラム缶に隠した。そのドラム缶の死体は廃液として砂漠に遺棄された。だが、なぜだ？　なぜ犯人はすぐ死体を捨てにいかなかったんだ？」

数之がうなずいた。

「つまり一旦、死体を隠して、改めて海に捨てにいくつもりだったんだな」

「だとして、なぜそんな必要がある？」

「そうね。なぜ、殺害後、そのまま海に捨てにいかなかったのかよね」

「ははあ、あれだ。天ぷらだ。天ぷらを作ってたんだ」

アメリの疑問に森田が答えた。

「わしもときどきやるんだ。テレビに気がいって天ぷらを作ってたことを忘れちまう」

「あのさ、殺人を犯している人間が天ぷらを作ってたっていうの？」

「だったら、あれだ。鍋を火にかけてたんだ。わしもときどき、来客があって話し込んじまって鍋を焦がすよ」

「おんなじよ。殺人を犯してる人間が世間話にうつつをぬかす？」

「お姐ちゃん、うっかりってのは誰にでもあるんだよ」

「あるよな、森田の爺さん。犯人は殺人を犯したことをうっかり忘れてたんだ」

数之と森田は目を見交わした。同時にどっと笑い声を上げた。

「こいつら、馬鹿ね。目も当てられないほど」

アメリがうんざりしたように述べた。

「いや、あながち当たっていなくもない」

大黒は森田の言葉を反芻《はんすう》すると答えた。

「つまり犯人にはなんらかの用事があったってことになる」

「なんのこと？　殺人以上に大切な用事なんてなにがあるの？」

「正しくは事情といってもいい」

大黒は今まで断片的に入手した情報を整理すると推理を組み立てた。

「前田の事務所、マエダ・ファイナンスは年中無休に近いかたちで営業していた」

「働き者ね。金の亡者というより金に働かされていたといってもいいわね」

「営業時間は午前九時から午後五時。その後、前田は毎晩のように夜釣りに出ていた」

「前田の死亡推定時刻は午後六時頃よ。店を閉めて一時間ほどね」

「唯一の休みは月曜日。しかしその日は儲けた金を本土に隠しに出かけている」

「休みの日も金のために動いていたのね」

「アメリ、お前が犯人だとして、こんな前田を島でどうやって殺す？」

「月曜日はいないわけだから火曜日から日曜日になるわね」

「だとして日中に犯行に及ぶか」

「そうね。前田は一日中、事務所で仕事していたのよね。あそこで事故死に見せかけて殺すのは難しいわ。いつ客がくるか分からないし。閉店中を装うのも変だわ」

「そうだ。前田が確実に一人になる時間帯しかないんだ。つまり殺害できるのは営業前か、営業終了後だ」

「確かに。それで営業終了後を選んで、夜釣りでの事故に見せかけたわけか」

「だが犯人は死体を一旦、ドラム缶に隠した。つまり前田の死体を処理する時間がなかったんだ」

「つまり火曜日は用事があったのね。うっかり殺人を忘れてしまうような」

「そうだ。月曜日以外、前田は夜釣りだ。犯人に時間の余裕があれば殺害後、海に遺体を遺棄しただろう。だがどの曜日でもできなかったんだ」

「馬鹿にも程があるわ。そいつは火曜日から日曜日が仕事。休みは月曜日。年中無休の前田が島にいる日は仕事で、島にいない日が休みだったなんて」

「前田が店を閉める午後五時以降、犯人は仕事に出なければならなかった。だから前田を殺してから仕事に向かった」

「そうね。わざわざ休みを取るとむしろ疑われるわね」

「そして仕事を終えてから改めて死体を海に捨てにいく予定だった」

「辻褄《つじつま》は合うわね」

「合うね、お姐ちゃん。辻も褄も合わなきゃ、角を曲がれんさね」

　森田の言葉に数之が高い声を上げた。

「だけど戻ってきたら死体はない。慌てただろうな」

「あさ、大慌てだ」

二人は顔を見交わすと再び大声で笑った。

「犯人の条件は工場近くに住んでいるか、あるいは頻繁にそこを通る人間。休みは月曜日。そして午後六時以降の仕事、つまり夜勤」

「分かったわ。それに合致する人間を洗い出せばいいのね。だったらさっそく所轄に連絡しなさいよ」

アメリにうながされて大黒は携帯端末を取り上げた。しかしその手が止まった。

「今、大慌てだっただろうといったな」

大黒は数之と森田を見つめた。

「ああ、いったわい」

「そうだ、俺も聞いた。いってたぞ」

「そいつが手っ取り早い調べにつながるかもしれない。試してみよう」

大黒は改めて携帯を持ち直すと所轄に連絡した。そして埠頭と空港の防犯カメラを洗うように指示した。

大黒の推理は正しかった。埠頭のカメラが目撃者だった。事件が発覚した当日、朝一番で本土へ向かうフェリーを待つ中に容疑者のものと思われる車を写していたのだ。

ナンバープレートから所有者が割れた。島のホテルで夜間の警備員をしている男だった。前田の帳簿にも多額の借金があると記載されていた。競馬のノミ行為らしい。シャインの工場近くに暮らしており、アパートに踏み込むと浴槽に海水がたたえられていた。決定的な証拠だった。風呂場から前田の指紋も採取された。

所轄が聞き込んだ内容は以下だった。男の仕事は六時から始まる。休みは毎週月曜日のみ。五時に仕事を終えて夜釣りに出る前の前田を呼び出すとしてもぎりぎりだ。しかも酒を飲ませ、犯行に及ぶとすれば殺害後に海に捨てにいくには時間の余裕はない。実際に死亡推定時刻は六時頃なのだ。しかし年中無休の前田を殺すのはこの限られた時間帯しかないのだ。

犯行後はどこかに隠すしかないと犯人も考えていたのだろう。そして夜勤明けの未明に海に捨てにいくつもりだった。

だが夜勤であることが足下をすくった。犯人はいつも目にするドラム缶が夜間に回収されて、空のものと入れ替えられることは把握していなかった。新月は験をかつぐ前田が釣りの格好だったのは、事前に同じ物を用意して着せたからだという。だがなによりの失敗は月に詳しくなかったことだ。

すぐ近くに暮らしていても、まったく会わない人間というのがいる。毎日やってくる新聞配達員の顔も届けられた方はしらない。生活時間帯が違うからだ。今回はその時差が犯行の要因となり、暴露となった。

いずれにせよ、犯人は割れた。相手は朝一番のフェリーで本土に向かっている。その車と男を緊急手配して大黒は仕事を終えた。

後は本庁の捜査官が相手を追う。二日前のことになるが連絡が早かったために逃げ切れるとは思えなかった。それに身元はがっちりと押さえられていた。

「よく防犯カメラのことに気が付いたわね」

翌朝、サマードレス姿のアメリが告げた。朝食の席だった。ドレスは丈が短い。膝上十五センチはあるだろう。

これからビーチにいくとアメリは告げていた。おそらくドレスの下は例の紐のような水着に違いない。

大広間には数之と森田の姿はなかった。朝からカラスに借りを返しにいくと出ていった。事件は厄介だったが、数之とアメリにはいい骨休みになったのかもしれない。大黒はそんな感想を抱いていた。

「よく足跡に気が付いたわね」

朝食をつつきながらアメリが尋ねた。

「ああ、犯人は慌てていただろう。ドラム缶に死体を入れるときも、帰ってきて回収しようとしたときも、周りにじっくり目をやる余裕はなかった」

「でしょうね。人を殺しているんだから」

「だからおそらく停めた車には注意が及ばなかった。車の屋根は高さがある」

「あいつ高いところが好きだものね」

「それだけじゃない。いたずらも好きだ」

アメリがあいつといったのは猫のことだ。大黒は推理の過程でシャインの工場裏で猫がコンクリートに足跡を残していたことを思い出していた。

そこから猫が車に登って足跡を付けていくことが、よくあると思い出した。

犯人が工場裏に車を停めていたとしたら、その車に猫の痕跡が残されていないか。

そう推理して防犯カメラを所轄に当たらせた。そしてトランクから屋根へと点々と猫の足跡が付いた乗用車が確認されたのだ。

「さてと。ご飯も食べたし、ビーチへ出陣しよっと。帰りのフェリーは夕方にしたのよね？　大黒、あんたはどうするの？」

「そうだな。辺りをぶらぶらして後でビーチに顔を出すか」

アメリはうなずくと横にあったトートバッグをぶら下げて大広間を出ていった。大黒は朝食をゆっくり楽しんだ。

夕方までだが思わぬ休日が手に入った。これからなにをしようか。観光か。あるいはゴルフか釣りか。いや、のんびりしよう。なんにもしないのが一番いい。

大黒は部屋に戻ると缶ビールを飲みながら、ゆっくり新聞を読み、テレビを見た。雑誌のクロスワードパズルを解き、外へ出た。

風に乗ってかすかになにかが聞こえた。確かめるとカラスの絶叫のようだ。砂漠で数之らと格闘を続けているのだろう。

気が付くと昼食時だった。O島荘の食事は二食。昼は自前だ。どこでなにを食べるか、思案した大黒はビーチに向かうことにした。

アメリが浜に海の家のような食堂がいくつか出ているといっていたのを思い出したのだ。ビーチには宿から歩いて十分もかからない。見るとよしず張りの小屋がある。

その一軒でラーメンを頼むと大黒は浜辺に視線をやった。サマードレス姿のアメリが見えた。顔に紗《しゃ》の薄布を巻いている。

ビーチチェアに座り、横に立った誰かと話をしている。相手は浅黒い顔をしてターバンを巻いていた。大黒の位置からでも明らかにアラブ系の人間だと見て取れた。

二人はしばらく話していたが、やがてターバンの男が去っていった。大黒はラーメンを平らげるとビーチに出て、アメリの方に歩んでいった。

「今のは？」

「アラブの富豪。王室の一人だって」

まさかと思ったが本当にお忍びでO島に遊びにきていたらしい。

「それで？」

「夫人にならないかって」

「なんて答えたんだ？」

「何番目なのかって聞いたの。そしたら十番目だって」

「オーケーしたのか」

「さすがに残り九人を相手にトップに登りつめるのは大変だから断ったわ。だって目的はお金だもん」

「アメリ、女が海を好きなのはこんなことがあるからか」

「ひとつはね」

「他にあるのか」

「肌を焼くためよ」

アメリはそう告げると横にあったサンオイルを取った。そしてサマードレスを脱いだ。確かに紐のような水着だった。

「わたし達は猫に近いかも。気持ちのいいことが好きなのよ」

アメリが微笑《ほほえ》んだ。そして猫のポーズを取ると背伸びをした。するとぱらり。紐がふたつ。

困った人の困った小説は解説に困る

我孫子武丸

「なんで『前田五郎《まえだごろう》』やねん！」……と、ある年齢以上の、特に関西人であれば叫んでしまうことだろう。

作中には注も解説もないのでここで説明しておいた方がいいと思うのだが、前田五郎とは、かつて坂田利夫《さかたとしお》（アホの坂田、と言った方が分かりやすいだろうか）と「コメディNo.1」というコンビを組んで一世を風靡《ふうび》した漫才師、コメディアンである。まだご存命のようだが（ネットで調べちゃったじゃないか）、コンビ解散の後、舞台でのみ活躍されているようだ。というのはつまり、コメディNo.1を知っている世代の関西人でさえ、最近はとんとテレビでは見かけずその存在を思い起こすようなことも少ない芸人だ、ということである（坂田利夫は今もよく関西のテレビには出ている）。

もちろん、本書にはその前田五郎本人が出てくるわけではないし、お笑い業界もテレビ業界も関係ない。前田五郎も坂田利夫も知らなくても何の問題もない。問題はないのだが……。

ごく普通に本書のあらすじを紹介するならこんな感じだろうか。

警視庁捜査一課刑事の大黒福助《だいこくふくすけ》、鑑識課員の数之《かずゆき》十《と》一《いち》、そして監察医の栗栖《くりす》アメリの三人は、特別班を組まされている。彼らが遭遇する（押しつけられる）事件は、断食ダイエット中の変死、ありえない感電死、砂丘での溺死などなど異常な死に方をしたものばかり。一癖も二癖もあるはみ出し者三人が、「困った死体」の謎に立ち向かう異色警察ミステリ！

……………。

表４（裏表紙のことです）のあらすじもこれとそう大差ないのではないだろうか。骨子を取ればこれで間違いないし、テレビドラマにしても成立するだろう、不可解な状況での事件が、きれいに合理的に解決される、ある意味キチンとした「分かりやすい」ミステリではある。

しかしながら、浅暮三文という人は（知っている人は知っているでしょうが）、そんなに分かりやすい人ではない。

一話目、「痩せれば天国」を読んだ時点では多分そこまで首を捻《ひね》ることはないだろう。前田五郎を知っている人は「ん？」と思いはするだろうが、まあにやっとする程度の話。

芸能人と同姓同名の人間が出てきたところでさほど驚く話でもない。
しかし二話目「ギター心中」を読み始めた途端、「これは一体何を読まされているんだ?」と首を捻ることだろう。なぜなら——

これ以上は本書に仕込まれた企《たくら》みについて明かしてしまうことになるので、ぜひ読者がご自分で確認いただきたい。しかし、といってそれが「驚愕《きょうがく》のトリック」とかある種の「騙《かた》り」が隠されているのかと変な(ミステリ読者なら割と真っ当かもしれないが)期待をされても、逆に肩すかしになってしまいかねないので少し違う話をしようと思う。

一九九九年制作のアメリカ映画に『マルコヴィッチの穴』という作品がある。原題を"Being John Malkovich"という通り、「その穴に入ると十五分間だけジョン・マルコヴィッチになれる」という穴を発見してしまった夫婦の話である。ジョン・マルコヴィッチは、実在のアメリカの俳優で、もちろんこの映画の中にも登場する(決して主役ではない)。

ジョン・マルコヴィッチは、いわゆる二枚目とはちょっと違うが、妙な存在感のある「怪優」とでもいうべき俳優で、アメリカ映画好きなら名前を知らなくても顔を見れば

「ああ、あの人」と言うであろう名バイプレイヤーだ。ファンタジー設定のフィクションであるにもかかわらず、そこに現実の俳優を自身の役として出演させることで逆に現実を思い出させ、ユーモラスであると同時に幻惑感も増幅させる、そういう効果があったように思う。日本人には少し理解しにくいが、マルコヴィッチという俳優の選択そのものが絶妙だったこともあるらしい。「日本人で言うと誰？」みたいな話題でも当時盛り上がった。鹿賀丈史《かがたけし》じゃないか、いや竹中直人《たけなかなおと》では、などなど、見た目や知名度、その立ち位置で近い俳優と置き換えて何とか理解しようとしたものだ。

本書は別に、前田五郎本人が出てくるわけでもなんでもないので、こうやってあらすじを書いても似ているようには思えないかもしれないが、浅暮氏の企みの方向性には近いものがあるように思う。『マルコヴィッチの穴』でも分かるように、明らかなフィクションの中の世界が、今自分が暮らしている世界と繋《つな》がっていると知らされると、逆にフィクション性は際立つものだ。ましてそれが、あり得ないほどの偶然、奇跡として連続するとなると……？

本格ミステリ——謎解き小説というものは元々、「意外性」を追求する過程で半ば必然的にパロディ化、メタ化の道を進んできた、と筆者は理解している。「叙述トリック」「テキストトリック」などと呼ばれる流れもその一つだが、「テキストトリック」と「メタテキスト」「メタフィクション」はかなり重なるところがあって、一部の前衛小説好きと一部のミステリ好きの重なるエリアが存在するような気がしている。というか、そもそも「小説」「フィクション」をどのように受け止め、楽しんでいるのかという態度の問題かもしれない。

「作り物」をあくまでも「作り物」として、俯瞰《ふかん》するような読み方をする人もいれば、主人公などの作中人物に感情移入し、同一化した状態でハラハラドキドキしたいという人もいる。アンケートを取ったわけではないが、ミステリを含むエンタテインメント読者には後者（感情移入タイプ）の方が多いのではないだろうか？　筆者も、小説を書く側としては、たいていの場合は「作り物」感を軽減し、よりリアルと感じてもらえるよう感情移入を削がないように気をつけるタイプだ。しかし、読者としては、思い切り人工的なもの、メタフィクショナルなものも読みたい。

本書『困った死体』は一見普通のミステリの体裁で、後者の読み方も可能だけれど、企みが明らかになると否応なしに「作者」を意識せざるを得ない。全体が、人工的に構築された「謎」なのではないかと。

そして一旦この物語の特殊性に気づいてしまうと、どこもかしこも意味ありげに見えてくる。大黒福助、数之十一、なんて名前には何か隠されているのではないか。となると栗栖アメリも怪しく見えてくるし、第一発見者だってもちろん重要人物だ。となるとすべてを解く鍵は「前田五郎」のようにも見えてくる。となると結局疑問は冒頭のものに戻ってくるわけだ。
なんで「前田五郎」やねん！　と。

（あびこ・たけまる　作家）

JASRAC 出 1813545-801

本書は、集英社文庫のために書き下ろされました。

集英社文庫

困《こま》った死体《したい》

2018年12月25日　第1刷　　定価はカバーに表示してあります。

著　者　浅暮三文《あさぐれみつふみ》

発行者　徳永　真

発行所　株式会社　集英社

東京都千代田区一ツ橋2-5-10　〒101-8050

電話　【編集部】03-3230-6095

【読者係】03-3230-6080

【販売部】03-3230-6393（書店専用）

印　刷　大日本印刷株式会社

製　本　ナショナル製本協同組合

フォーマットデザイン　アリヤマデザインストア　　マークデザイン　居山浩二

ISBN978-4-08-745827-5 C0193